CHAMADAS TELEFÔNICAS

Obras do autor publicadas pela Companhia das Letras

2666
Amuleto
Chamadas telefônicas
Os detetives selvagens
Estrela distante
Monsieur Pain
Noturno do Chile
A pista de gelo
Putas assassinas
O Terceiro Reich

ROBERTO BOLAÑO

Chamadas telefônicas

Tradução
Eduardo Brandão

1ª *reimpressão*

COMPANHIA DAS LETRAS

Copyright © 1997 by Roberto Bolaño. Todos os direitos reservados.

Este livro foi publicado com subsídio da Secretaria Geral de Livros, Arquivos e Bibliotecas do Ministério da Cultura da Espanha.

Grafia atualizada segundo o Acordo Ortográfico da Língua Portuguesa de 1990, que entrou em vigor no Brasil em 2009.

Título original
Llamadas telefónicas

Capa
warrakloureiro

Imagem de capa
Rodrigo Andrade, *Estrada Noturna*, óleo sobre tela sobre mdf, 180 x 240 cm, 2010

Preparação
Silvia Massimini Felix

Revisão
Marise Leal
Márcia Moura

Dados Internacionais de Catalogação na Publicação (CIP)
(Câmara Brasileira do Livro, SP, Brasil)

    Bolaño, Roberto
    Chamadas telefônicas / Roberto Bolaño ; tradução Eduardo Brandão. — 1. ed. — São Paulo : Companhia das Letras, 2012.

    Título original: Llamadas telefónicas.
    ISBN 978-85-359-2036-9

    1. Contos chilenos I. Título.

11-14729   CDD-861
Índice para catálogo sistemático:
1. Contos : Literatura chilena 861

[2022]
Todos os direitos desta edição reservados à
EDITORA SCHWARCZ LTDA.
Rua Bandeira Paulista, 702, cj. 32
04532-002 — São Paulo — SP
Telefone: (11) 3707-3500
www.companhiadasletras.com.br
www.blogdacompanhiadasletras.com.br
facebook.com/companhiadasletras
instagram.com/companhiadasletras
twitter.com/cialetras

Para Carolina López

Quem, melhor que o senhor, pode compreender meu medo?

Tchékhov

Sumário

1. CHAMADAS TELEFÔNICAS
   Sensini, 13
   Henri Simon Leprince, 31
   Enrique Martín, 38
   Uma aventura literária, 54
   Chamadas telefônicas, 66

2. DETETIVES
   O verme, 73
   A neve, 86
   Outro conto russo, 104
   William Burns, 109
   Detetives, 118

3. VIDA DE ANNE MOORE
   Colegas de cela, 141
   Clara, 153
   Joanna Silvestri, 165
   Vida de Anne Moore, 182

CHAMADAS TELEFÔNICAS

Sensini

A forma como se desenrolou minha amizade com Sensini sem dúvida escapa ao costumeiro. Naquela época eu tinha vinte e tantos anos e era mais pobre que um rato. Morava nos arredores de Girona, numa casa em ruínas que minha irmã e meu cunhado tinham me deixado depois de irem para o México, e acabava de perder um trabalho de vigia noturno num camping de Barcelona, o qual havia acentuado minha propensão a não dormir de noite. Quase não tinha amigos e a única coisa que fazia era escrever e dar longos passeios que começavam às sete da noite, depois de acordar, momento em que meu corpo experimentava uma coisa parecida com o jet lag, uma sensação de estar e não estar, de distância com respeito ao que me rodeava, de indefinida fragilidade. Vivia com o que tinha economizado durante o verão e, embora quase não gastasse dinheiro, meu pé-de-meia ia minguando com o passar do outono. Talvez tenha sido isso que me levou a participar do Concurso Nacional de Literatura de Alcoy, aberto para escritores de língua castelhana, qualquer que fosse sua nacionalidade e seu lugar de residência. O prêmio era dividido em três modalidades:

poesia, conto e ensaio. Primeiro pensei me apresentar em poesia, mas enviar à luta com os leões (ou com as hienas) o que eu fazia melhor me pareceu indecoroso. Depois pensei me apresentar em ensaio, mas quando me mandaram o regulamento descobri que o ensaio devia versar sobre Alcoy, seus arredores, sua história, seus homens ilustres, sua projeção no futuro, e isso estava além da minha competência. Decidi, pois, me apresentar em conto: enviei em três cópias o melhor que eu tinha (não eram muitos) e me sentei à espera.

Quando o prêmio saiu, eu trabalhava de vendedor ambulante numa feira de artesanato onde absolutamente ninguém vendia artesanato. Obtive o terceiro prêmio e dez mil pesetas que a prefeitura de Alcoy me pagou religiosamente. Pouco depois recebi o livro, no qual não escasseavam as erratas, com o vencedor e os seis finalistas. Claro, meu conto era melhor do que o que havia ganhado o primeiro prêmio, o que me levou a amaldiçoar o júri e dizer a mim mesmo que, enfim, isso sempre acontece. Mas o que realmente me surpreendeu foi encontrar no mesmo livro Luis Antonio Sensini, o escritor argentino, segundo prêmio, com um conto em que o narrador ia para o campo e ali morria seu filho ou com um conto em que o narrador ia para o campo porque na cidade seu filho tinha morrido, não ficava claro, o caso é que no campo, um campo plano e um tanto ermo, o filho do narrador continuava morrendo, enfim, o conto era claustrofóbico, bem no estilo de Sensini, dos grandes espaços geográficos de Sensini que de repente se reduziam até ter o tamanho de um caixão, e superior ao ganhador e primeiro prêmio e também superior ao terceiro prêmio e ao quarto, quinto e sexto.

Não sei o que me levou a pedir à prefeitura de Alcoy o endereço de Sensini. Eu havia lido um romance dele e alguns dos seus contos em revistas latino-americanas. O romance era dos que fazem leitores. Chamava-se *Ugarte* e falava de alguns momentos da vida de Juan de Ugarte, burocrata do vice-reinado do Rio da Prata em fins do século XVIII. Alguns críticos, principalmente espanhóis, o haviam liquidado dizendo que se tratava de uma espécie de Kafka colonial, mas pouco a pouco o romance foi fazendo seus próprios leitores e, quando dei com Sensini no livro de contos de Alcoy, *Ugarte* tinha, em vários cantos da América e da Espanha, uns poucos e fervorosos leitores, quase todos amigos ou inimigos gratuitos entre si. Sensini, claro, tinha outros livros, publicados na Argentina ou em editoras espanholas desaparecidas, e pertencia a essa geração intermediária de escritores nascidos nos anos 1920, depois de Cortázar, Bioy, Sabato, Mujica Láinez, e cujo expoente mais conhecido (pelo menos então, pelo menos para mim) era Haroldo Conti, desaparecido num dos campos especiais da ditadura de Videla e seus sequazes. Dessa geração (se bem que talvez a palavra geração seja excessiva) sobrava pouco, mas não por falta de brilho e talento; seguidores de Roberto Arlt, jornalistas, professores e tradutores de alguma maneira anunciaram o que viria em seguida, e anunciaram à sua maneira triste e cética que no fim foi engolindo todos.

Eu gostava deles. Numa época remota da minha vida eu tinha lido as obras teatrais de Abelardo Castillo, os contos de Rodolpho Walsh (como Conti, assassinado pela ditadura), os contos de Daniel Moyano, leituras parciais e fragmentadas oferecidas pelas revistas argentinas ou mexicanas ou cubanas, livros encontrados nos sebos do DF, antologias piratas da literatura portenha, provavelmente a melhor na língua espanhola deste século, literatura da qual eles faziam parte e que não era certamente a de Borges ou Cortázar e que Manuel Puig e Osvaldo Soriano não tardariam a deixar para trás, mas que oferecia ao leitor textos compactos, inteligentes, que propiciavam cumplicidade e alegria. Meu favorito, nem é preciso dizer, era Sensini, e o fato, de alguma maneira cruento e de alguma maneira lisonjeador, de encontrá-lo num concurso literário de província me animou a entrar em contato com ele, cumprimentá-lo, dizer quanto gostava dele.

Assim, a prefeitura de Alcoy não demorou a me enviar seu endereço, ele morava em Madri, e uma noite, depois de jantar ou comer ou lanchar, eu lhe escrevi uma longa carta em que falava de *Ugarte*, dos outros contos dele que havia lido em revistas, de mim, da minha casa nos arredores de Girona, do concurso literário (eu ria do vencedor), da situação política chilena e argentina (ambas as ditaduras ainda estavam bem estabelecidas), dos contos de Walsh (que era o outro de que eu mais gostava, junto com Sensini), da vida na Espanha e da vida em geral. Ao contrário do que esperava, recebi uma carta dele apenas uma semana depois. Começava me agradecendo pela minha, dizia que de fato a prefeitura de Alcoy também lhe enviara o livro com os contos premiados mas que, ao contrário de mim, ele não havia arranjado tempo (se bem que depois, quando voltava de forma enviesada ao mesmo tema, dizia que não tinha encontrado *ânimo suficiente*) para reler a narrativa vencedora e as outras premiadas, mas nestes dias havia lido o meu conto e o achara muito bom, "um conto de primeira ordem", dizia, conservo a carta, e ao mesmo tempo me instava a perseverar, mas não, como a princípio entendi, a perseverar na escrita e sim a perseverar nos concursos, coisa que ele, me garantia, também faria. Ato contínuo passava a me perguntar pelos concursos literários que se "avistavam no horizonte", recomendando-me que mal soubesse de um lhe informasse no ato. Em contrapartida me anexava as coordenadas de dois concursos de narrativas, um em Plasencia, o outro em Écija, de vinte e cinco mil e trinta mil pesetas respectivamente, cujo regulamento conforme pude verificar mais tarde ele tirava de jornais e revistas madrilenhas cuja simples existência era um crime ou um milagre, depende. Os dois concursos ainda estavam a meu alcance e Sensini terminava sua carta de maneira algo entusiasta, como se nós dois estivéssemos na linha de largada de uma corrida interminável, além de dura e sem sentido. "Coragem e mãos à obra", dizia.

Lembro que pensei: que carta estranha, lembro que reli alguns capítulos de Ugarte, naqueles dias apareceram na praça dos cinemas de Girona os vendedores ambulantes de livros, gente que montava suas bancas ao redor da praça e oferecia principalmente estoques invendáveis, os saldos das editoras que não fazia muito haviam quebrado, livros da Segunda Guerra Mundial, romances de amor e de caubóis, coleções de postais. Numa das bancas encontrei um livro de contos de Sensini e comprei. Estava como novo — na verdade, era um livro novo, daqueles que as editoras vendem com desconto para os únicos que trabalham com esse material, os ambulantes, quando mais nenhuma livraria, nenhum distribuidor quer pôr as mãos nesse fogo — e aquela semana foi uma semana Sensini em todos os sentidos. Às vezes eu relia pela centésima vez sua carta, outras vezes folheava Ugarte, e quando queria ação, novidade, lia seus contos. Estes, embora tratassem de uma gama variada de temas e situações, geralmente se desenrolavam no campo, na pampa, e eram o que pelo menos antigamente se chamavam histórias de homens a cavalo. Quer dizer, histórias de gente armada, desventurada, solitária ou com um senso peculiar da sociabilidade. Tudo o que em Ugarte era frieza, um pulso preciso de neurocirurgião, no livro de contos era calor, paisagens que se distanciavam do leitor muito lentamente (e que às vezes se afastavam com o leitor), personagens corajosos e à deriva.

Do concurso de Plasencia não consegui participar, mas do de Écija sim. Mal pus os exemplares do meu conto (pseudônimo: Aloysius Acker) no correio, compreendi que se ficasse esperando o resultado as coisas só podiam piorar. De modo que decidi procurar outros concursos e de passagem atender ao pedido de Sensini. Nos dias seguintes, quando descia a Girona, dedicava-me a fuçar jornais atrasados em busca de informação: em alguns ocupavam uma coluna junto da crônica social, em outros apareciam entre o noticiário geral e de esportes, o mais sério de todos os situava no meio do caminho entre a previsão do tempo e o obituário, nenhum, é claro, nas páginas culturais. Descobri também uma revista da Generalitat que, entre bolsas, intercâmbios, ofertas de emprego, cursos de pós-graduação, inseria anúncios de concursos literários, a maioria de âmbito catalão em língua catalã, mas nem todos. Logo tinha em perspectiva três concursos dos quais Sensini e eu podíamos participar e lhe escrevi uma carta.

Como sempre, a resposta veio logo em seguida. A carta de Sensini era breve. Respondia a algumas das minhas perguntas, a maioria delas relativa a seu livro de contos recém-comprado, e acrescentava por sua vez as fotocópias do regulamento de outros três concursos de contos, um deles patrocinado pela rede ferroviária, primeiro prêmio e dez finalistas a cinquenta mil pesetas por barba, dizia textualmente, quem não se apresenta não ganha, para que não fique na intenção. Respondi dizendo que não tinha tantos contos assim para cobrir os seis concursos em andamento, mas sobretudo tentei tocar em outros temas, a carta saiu do meu controle, falei de viagens, amores perdidos, Walsh, Conti, Francisco Urondo, perguntei por Gelman que ele sem dúvida conhecia, terminei contando minha história em capítulos, sempre que falo com argentinos acabo me enredando no tango e no labirinto, isso acontece com muitos chilenos.

A resposta de Sensini foi pontual e extensa, pelo menos no tocante à produção e aos concursos. Numa folha escrita com espaço simples e dos dois lados expunha uma espécie de estratégia geral com respeito aos prêmios literários de províncias. Falo por experiência própria, dizia. A carta começava santificando-os (nunca soube se a sério ou de brincadeira), fonte de renda que ajudava no sustento cotidiano. Ao se referir às entidades patrocinadoras, prefeituras e caixas econômicas, dizia "essa boa gente que acredita na literatura", ou "esses leitores puros e um pouco forçados". Não tinha, do contrário, ilusões com respeito à informação da "boa gente", os leitores que previsivelmente (ou nem tão previsivelmente) consumiriam aqueles livros invisíveis. Insistia em que eu participasse do maior número possível de prêmios, mas sugeria que como medida de precaução mudasse o título dos contos se com um só, por exemplo, me inscrevesse em três concursos cujos resultados saíssem mais ou menos na mesma data. Dava como exemplo sua narrativa *Ao amanhecer*, que eu não conhecia e que ele havia enviado a vários certames literários quase de maneira experimental, como o porquinho-da-índia destinado a testar os efeitos de uma vacina desconhecida. No primeiro concurso, o mais bem pago, *Ao amanhecer* foi como *Ao amanhecer*, no segundo concurso se apresentou como *Os gaúchos*, no terceiro concurso seu título era *Na outra pampa*, e no último se chamava *Sem remorsos*. Ganhou no segundo e no último, e com o dinheiro obtido em ambos os prêmios pôde pagar um mês e meio de aluguel, em Madri os preços estavam nas nuvens. Claro, ninguém ficou sabendo que *Os gaúchos* e *Sem remorsos* eram o mesmo conto com o título mudado, mas sempre havia o risco de topar em mais de uma contenda com um mesmo jurado, ofício singular que na Espanha era exercido de forma contumaz por uma plêiade de escritores e poetas menores ou autores laureados em festas anteriores. O mundo da literatura é terrível, além de ridículo, dizia. E acrescentava que nem o repetido encontro com um mesmo jurado constituía de fato um perigo, pois estes geralmente não liam as obras apresentadas ou as liam por alto ou as liam mais ou menos. E com maior razão, dizia, quem sabe se *Os gaúchos* e *Sem remorsos* não são duas narrativas distintas cuja singularidade resida precisamente no título. Parecidas, muito parecidas até, mas distintas. A carta concluía enfatizando que o ideal seria fazer outra coisa, por exemplo viver e escrever em Buenos Aires, sobre isso poucas dúvidas tinha, mas que a realidade era a realidade, e a gente tinha que ganhar seus *porotos* (não sei se na Argentina o feijão é chamado de *poroto*, no Chile sim) e que por ora a saída era essa. É como passear pela geografia espanhola, dizia. Vou fazer sessenta anos, mas me sinto como se tivesse vinte e cinco, afirmava no fim da carta ou talvez num pós-escrito. A princípio me pareceu uma declaração muito triste, mas quando a li pela segunda ou terceira vez compreendi que era como se me dissesse: quantos anos você tem, *pibe?* Minha resposta, eu me lembro, foi imediata. Disse que tinha vinte e oito, três a mais que ele. Naquela manhã, foi como se eu recuperasse se não a felicidade, em todo caso a energia, uma energia que se parecia muito com o humor, um humor que se parecia muito com a memória.

Não me dediquei, como me sugeria Sensini, aos concursos de contos, embora tenha participado dos últimos daqueles que ele e eu havíamos descoberto. Não ganhei nenhum, Sensini voltou a fazer uma dobradinha, em Don Benito e em Écija, com uma narrativa que se intitulava originalmente *Os sabres* e que em Écija se chamou *Duas espadas* e em Don Benito *O corte mais profundo*. E ganhou um prêmio secundário no concurso da rede ferroviária espanhola, o que lhe proporcionou não só dinheiro mas também um passe para viajar de graça durante um ano.

Com o tempo fui sabendo mais coisas a seu respeito. Morava num apartamento em Madri com a mulher e a filha única, de dezessete anos, chamada Miranda. Outro filho, do seu primeiro casamento, andava perdido pela América Latina ou era o que ele queria acreditar. Chamava-se Gregorio, tinha trinta e cinco anos, era jornalista. Às vezes Sensini me contava das suas diligências em organismos humanitários ou vinculados aos departamentos de direitos humanos da União Europeia para averiguar o paradeiro de Gregorio. Nessas ocasiões as cartas costumavam ser pesadas, monótonas, como se mediante a descrição do labirinto burocrático Sensini exorcizasse seus próprios fantasmas. Deixei de viver com Gregorio, me disse em certa ocasião, quando o garoto tinha cinco anos. Não acrescentava mais nada, mas eu vi o Gregorio de cinco anos e vi Sensini escrevendo na redação de um jornal, e tudo era irremediável. Também me perguntei pelo nome e não sei por que cheguei à conclusão de que havia sido uma espécie de homenagem inconsciente a Gregorio Samsa. Isso, é claro, eu nunca lhe disse. Quando falava de Miranda, pelo contrário, Sensini ficava alegre, Miranda era jovem, tinha vontade de devorar o mundo, uma curiosidade insaciável e, além do mais, dizia, era linda e boa. Parece com Gregorio, dizia, só que Miranda é mulher (obviamente) e não teve que passar pelo que meu filho mais velho passou.

Pouco a pouco as cartas de Sensini foram se tornando mais extensas. Ele morava num bairro feioso de Madri, num apartamento de dois quartos, sala, cozinha e banheiro. Saber que eu dispunha de mais espaço do que ele me pareceu surpreendente e também injusto. Sensini escrevia na sala, de noite, "quando a senhora e a menina já estão dormindo", e abusava do tabaco. Seus rendimentos provinham de uns vagos trabalhos editoriais (creio que corrigia traduções) e dos contos que iam pelejar nas províncias. De vez em quando recebia um cheque por algum dos seus numerosos livros publicados, mas a maioria das editoras se fazia de esquecida ou havia quebrado. A única coisa que continuava dando dinheiro era *Ugarte*, cujos direitos pertenciam a uma editora de Barcelona. Vivia, não demorei a compreender, na pobreza, não numa pobreza absoluta mas uma pobreza de classe média baixa, de classe média desabonada e decente. Sua mulher (que ostentava o curioso nome de Carmela Zajdman) trabalhava fazendo bicos para editoras e dando aulas particulares de inglês, francês e hebraico, no entanto em mais de uma ocasião se via obrigada a fazer faxina. A filha só se dedicava aos estudos e sua entrada na universidade era iminente. Numa das minhas cartas perguntei a Sensini se Miranda também ia se dedicar à literatura. Em sua resposta dizia: não, por Deus, a menina vai estudar medicina.

Uma noite lhe escrevi pedindo uma foto da família. Só depois de pôr a carta no correio me dei conta de que o que eu queria era conhecer Miranda. Uma semana depois chegou uma fotografia tirada certamente no parque do Retiro, onde se via um velho e uma mulher de meia-idade ao lado de uma adolescente de cabelos lisos, magra e alta, de peitos muito grandes. O velho sorria feliz, a mulher de meia-idade olhava para o rosto da filha, como se lhe dissesse alguma coisa, e Miranda fitava o fotógrafo com uma seriedade que achei comovente e inquietante. Com a foto me mandou a fotocópia de outra foto. Nesta aparecia um sujeito mais ou menos da minha idade, de traços acentuados, os lábios bem finos, os pômulos pronunciados, a testa ampla, sem dúvida um sujeito alto e forte que olhava para a câmera (era uma foto de estúdio) com segurança e talvez com uma ponta de impaciência. Era Gregorio Sensini, antes de desaparecer, aos vinte e dois anos, isto é, bem mais moço do que eu era então, mas com um ar de maturidade que o fazia parecer mais velho.

Por muito tempo a foto e a fotocópia ficaram na minha mesa de trabalho. Às vezes eu passava um bom tempo contemplando-as, outras vezes as levava para o quarto e ficava olhando para elas até adormecer. Em sua carta Sensini tinha me pedido que eu também mandasse uma foto minha. Não tinha nada recente e resolvi tirar um instantâneo na cabine de fotos da estação, naqueles anos a única de toda Girona. Mas não gostei das fotos que tirei. Eu estava feio, magro, de cabelo mal cortado. De modo que cada dia adiava o envio da foto e cada dia gastava mais dinheiro naquela máquina. Finalmente peguei uma ao acaso, enfiei-a num envelope com um postal e a enviei. A resposta demorou a chegar. Nesse ínterim lembro ter escrito um poema muito longo, muito ruim, cheio de vozes e de rostos que pareciam diferentes mas que eram um só, o rosto de Miranda Sensini, e que quando eu por fim podia reconhecê-lo, nomeá-lo, dizer a ele, Miranda, sou eu, o amigo epistolar do seu pai, ela dava meia-volta e saía correndo em busca do irmão, Gregorio Samsa, em busca dos olhos de Gregorio Samsa que brilhavam no fundo de um corredor em trevas onde se moviam imperceptivelmente os vultos escuros do terror latino-americano.

A resposta foi longa e cordial. Dizia que Carmela e ele me acharam muito simpático, tal como me imaginavam, um pouco magro talvez, mas com boa aparência e que também tinham gostado do postal da catedral de Girona que esperavam ver pessoalmente dentre em breve, assim que se vissem mais desafogados de algumas contingências econômicas e domésticas. Na carta dava por entendido que não só passariam para me ver como se hospedariam na minha casa. De passagem me ofereciam a deles quando eu quisesse ir a Madri. A casa é pobre, mas também não é limpa, dizia Sensini imitando um célebre gaúcho de tiras de quadrinhos que foi muito famoso no Cone Sul em princípios dos anos 1970. De seus afazeres literários não dizia nada. Tampouco falava dos concursos.

A princípio pensei em mandar meu poema para Miranda, mas depois de muita dúvida e hesitação decidi não fazê-lo. Estou ficando louco, pensei, se mando isso para Miranda acabaram-se as cartas de Sensini e, aliás, com toda razão deste mundo. De modo que não mandei. Por um tempo me dediquei a descobrir regulamentos de concursos para ele. Numa carta, Sensini dizia temer que sua corda estivesse acabando. Interpretei suas palavras erroneamente, no sentido de que já não tinha certames literários bastantes para enviar suas narrativas.

Insisti em que viessem a Girona. Disse que Carmela e ele tinham minha casa à disposição, por uns dias até me obriguei a limpar, varrer, passar pano de chão e tirar a poeira dos cômodos na certeza (totalmente infundada) de que eles e Miranda estavam para chegar. Argumentei que com o bilhete em aberto da rede ferroviária na realidade só precisariam comprar duas passagens, uma para Carmela e outra para Miranda, e que a Catalunha tinha coisas maravilhosas a oferecer ao viajante. Falei de Barcelona, de Olot, da Costa Brava, dos dias felizes que sem dúvida passaríamos juntos. Numa longa carta de resposta, na qual me agradecia pelo convite, Sensini me informava que por ora não podiam sair de Madri. A carta, pela primeira vez, era confusa, mas lá pela metade punha-se a falar dos prêmios (creio que havia ganhado outro) e me incitava a não esmorecer e continuar participando. Nessa parte da carta também falava do ofício de escritor, da profissão, e tive a impressão de que as palavras que ele vertia eram em parte para mim, em parte um lembrete que fazia para si mesmo. O resto, como já disse, era confuso. Ao terminar de ler tive a impressão de que alguém da sua família não estava bem de saúde.

Dois ou três meses depois recebi a notícia de que provavelmente haviam encontrado o cadáver de Gregorio num cemitério clandestino. Em sua carta, Sensini era econômico em expressões de dor, só me dizia que tal dia, a tal hora, um grupo de legistas, membros de organizações de direitos humanos, uma vala comum com mais de cinquenta cadáveres de jovens etc. Pela primeira vez não tive vontade de lhe escrever. Gostaria de haver telefonado, mas acho que ele nunca teve telefone e, se teve, eu não sabia o número. Minha resposta foi sucinta. Disse que sentia muito, aventurei a possibilidade de que talvez o cadáver de Gregorio não fosse o cadáver de Gregorio.

Depois chegou o verão e fui trabalhar num hotel da costa. Em Madri esse verão foi pródigo em conferências, cursos, atividades culturais de toda índole, mas Sensini não participou de nenhuma delas, e se participou de alguma o jornal que eu lia não noticiou.

Em fins de agosto mandei-lhe um cartão-postal. Dizia que provavelmente quando a temporada acabasse ia lhe fazer uma visita. Mais nada. Quando voltei a Girona, em meados de setembro, entre a pouca correspondência acumulada debaixo da porta encontrei uma carta de Sensini datada de 7 de agosto. Era uma carta de despedida. Dizia que voltava para a Argentina, que com a democracia ninguém mais ia impedi-lo de fazer o que quer que fosse e que portanto era inútil permanecer mais tempo fora. Além disso, se quisesse ter certeza do destino final de Gregorio, não tinha outro jeito senão voltar. Carmela, claro, volta comigo, mas Miranda fica. Escrevi imediatamente para ele, para o único endereço que tinha, mas não recebi resposta.

Pouco a pouco fui me acostumando à ideia de que Sensini havia voltado para sempre para a Argentina e que se não me escrevesse de lá podia dar por encerrada nossa relação epistolar. Por muito tempo esperei sua carta ou assim creio agora, ao recordar. A carta de Sensini, claro, não chegou nunca. A vida em Buenos Aires, me consolei, devia ser rápida, explosiva, sem tempo para nada, só para respirar e pestanejar. Tornei a escrever ao endereço que tinha de Madri, com a esperança de que fizessem a carta chegar a Miranda, mas ao fim de um mês o correio a devolveu por ser o destinatário desconhecido no endereço. De modo que desisti, deixei os dias passarem e fui me esquecendo de Sensini, mas quando ia a Barcelona, muito de vez em quando, às vezes me enfiava tardes inteiras nos sebos e procurava seus livros, os livros que eu conhecia de nome e que nunca leria. Mas nas livrarias só encontrei velhos exemplares de *Ugarte* e de seu livro de contos publicado em Barcelona e cuja editora havia pedido concordata, quase como um sinal dirigido a Sensini, dirigido a mim.

Um ou dois anos depois soube que ele tinha morrido. Não sei em que jornal li a notícia. Talvez não a tenha lido em lugar nenhum, talvez tenham me contado, mas não me lembro de ter falado naqueles dias com gente que o conhecesse, de modo que provavelmente devo ter lido em algum lugar a notícia da sua morte. Ela foi sucinta: o escritor argentino Luis Antonio Sensini, exilado durante alguns anos na Espanha, morreu em Buenos Aires. Creio que também mencionavam, no fim, *Ugarte*. Não sei por quê, a notícia não me impressionou. Não sei por quê, o fato de Sensini voltar a Buenos Aires para morrer me pareceu lógico.

Tempos depois, quando a foto de Sensini, Carmela e Miranda e a fotocópia da foto de Gregorio repousavam com minhas outras lembranças numa caixa de papelão que por algum motivo que prefiro não investigar ainda não queimei, bateram na porta da minha casa. Devia ser meia-noite, mas eu estava acordado. A campainha, no entanto, me sobressaltou. Nenhuma das poucas pessoas que eu conhecia em Girona teria ido à minha casa a não ser que acontecesse algo fora do normal. Ao abrir deparei com uma mulher de cabelos compridos sob um grande casaco preto. Era Miranda Sensini, mas os anos transcorridos desde que seu pai me mandou a foto não haviam passado em vão. Ao lado dela estava um sujeito louro, alto, de cabelo comprido e nariz adunco. Sou Miranda Sensini, disse com um sorriso. Eu sei, disse eu e convidei-os a entrar. Iam de viagem à Itália e depois pensavam em cruzar o Adriático rumo à Grécia. Como não tinham muito dinheiro, viajavam pedindo carona. Naquela noite dormiram na minha casa. Fiz alguma coisa para eles jantarem. O sujeito se chamava Sebastián Cohen e também havia nascido na Argentina, mas desde muito jovem vivia em Madri. Ele me ajudou a aprontar o jantar enquanto Miranda inspecionava a casa. Faz muito tempo que você a conhece?, perguntou. Até este instante só a tinha visto em foto, respondi.

Depois do jantar preparei um quarto para eles e disse que podiam ir para a cama quando quisessem. Também pensei em me retirar para meu quarto e dormir, mas compreendi que ia ser difícil, se não impossível, e assim, quando supus que já estavam dormindo, desci ao térreo e liguei a tevê, com o volume baixinho, e fiquei pensando em Sensini.

Pouco depois ouvi passos na escada. Era Miranda. Ela também não conseguia dormir. Sentou ao meu lado e me pediu um cigarro. No início falamos da sua viagem, de Girona (passaram o dia todo na cidade, não perguntei por que haviam chegado tão tarde em casa), das cidades que pretendiam visitar na Itália. Depois falamos de seu pai e de seu irmão. Segundo Miranda, Sensini nunca se recobrou da morte de Gregorio. Voltou para procurá-lo, embora todos soubéssemos que estava morto. Carmela também?, perguntei. Todos, disse Miranda, menos ele. Perguntei como tinha sido para ele na Argentina. Igual aqui, disse Miranda, igual em Madri, igual em toda parte. Mas na Argentina era benquisto, disse eu. Igual aqui, disse Miranda. Peguei uma garrafa de conhaque na cozinha e lhe ofereci um trago. Você está chorando, disse Miranda. Quando olhei para ela, desviou o olhar. Estava escrevendo?, perguntou. Não, vendo televisão. Quero dizer, quando Sebastián e eu chegamos, disse Miranda, você estava escrevendo? Sim, disse. Narrativas? Não, poemas. Ah, fez Miranda. Bebemos em silêncio por um bom momento, olhando as imagens em branco e preto da televisão. Me diga uma coisa, falei, por que seu pai deu o nome de Gregorio ao Gregorio? Por causa de Kafka, claro, disse Miranda. Por causa de Gregorio Samsa? Claro, disse Miranda. Era o que eu supunha, disse eu. Depois Miranda me contou em linhas gerais os últimos meses de Sensini em Buenos Aires.

Ele havia partido de Madri já doente e contra a opinião de vários médicos argentinos que o tratavam de graça e que inclusive tinham lhe conseguido umas internações nos hospitais da Previdência Social. O reencontro com Buenos Aires foi doloroso e feliz. Desde a primeira semana se mexeu para tentar descobrir o paradeiro de Gregorio. Quis voltar para a universidade mas, entre trâmites burocráticos e invejas e rancores dos de sempre, o acesso lhe foi negado e ele teve que se conformar em fazer traduções para algumas editoras. Carmela, pelo contrário, conseguiu trabalho como professora e nos últimos tempos viveram exclusivamente com o que ela ganhava. Toda semana Sensini escrevia a Miranda. Segundo esta, seu pai se dava conta de que lhe restava pouca vida e em certas ocasiões até parecia ansioso por esgotar de uma vez por todas as últimas reservas e enfrentar a morte. Quanto a Gregorio, nenhuma notícia foi concludente. Segundo alguns legistas, seu corpo podia estar entre o monte de ossos exumados daquele cemitério clandestino, mas para maior segurança devia se fazer um exame de DNA, porém o governo não tinha verba ou não tinha vontade de que se fizesse o exame, e este ia se atrasando cada dia um pouco mais. Também se esforçou por encontrar uma moça, uma provável companheira que Goyo teria tido na clandestinidade, mas a moça não apareceu. Depois sua saúde se agravou e ele teve que ser hospitalizado. Nem escrevia mais, disse Miranda. Para ele era muito importante escrever todos os dias, em qualquer condição. Sim, disse a ela, acho que era mesmo. Depois perguntei se em Buenos Aires chegou a participar de algum concurso. Miranda olhou para mim e sorriu. Ah, você era aquele que participava dos concursos com ele, ele te conheceu num concurso. Pensei que tinha meu endereço pela simples razão de que tinha todos os endereços do seu pai, mas só naquele momento ela tinha me identificado. Eu sou o dos concursos, disse. Miranda serviu-se de mais conhaque e disse que durante um ano seu pai tinha falado bastante de mim. Notei que me fitava de outra maneira. Devo tê-lo importunado bastante, falei. Que é isso, disse ela, que importuná-lo o quê, ele adorava suas cartas, sempre as lia para nós, para minha mãe e para mim. Espero que tenham sido divertidas, falei sem muita convicção. Eram divertidíssimas, disse Miranda, minha mãe até os apelidou. Apelidou? Quem? Meu pai e você, ela os chamava de os pistoleiros ou os caçadores de recompensas, não me lembro mais, uma coisa assim, caçadores de escalpos. Imagino por quê, disse eu, mas creio que o verdadeiro caçador de recompensas era seu pai, eu só lhe passava um ou outro dado. Sim, ele era um profissional, disse Miranda subitamente séria. Quantos prêmios chegou a ganhar?, perguntei. Uns quinze, disse ela com ar ausente. E você? Eu, por ora só um. Um prêmio menor em Alcoy, graças ao qual conheci seu pai. Sabe que Borges uma vez escreveu uma carta para ele, em Madri, onde comentava um dos seus contos?, ela perguntou olhando para seu conhaque. Não, não sabia, disse eu. E Cortázar também escreveu sobre ele, e Mujica Láinez também. É que ele era um escritor muito bom, disse eu. Não sacaneie, disse Miranda e se levantou e saiu ao quintal, como se eu tivesse dito uma coisa que a houvesse ofendido. Deixei passar uns segundos, peguei a garrafa de conhaque e a segui. Miranda estava debruçada no parapeito vendo as luzes de Girona. Bonita vista você tem daqui, disse ela. Enchi seu copo, enchi o meu, e ficamos um tempo admirando a cidade iluminada pela lua. De repente me dei conta de que já estávamos em paz, de que por alguma razão misteriosa tínhamos conseguido juntos ficar em paz e que daí em diante as coisas imperceptivelmente começariam a mudar. Como se o mundo, de verdade, se movesse. Perguntei que idade tinha. Vinte e dois, respondeu. Então eu devo ter mais de trinta, falei, e até minha voz soou estranha.*

* Este conto obteve o Prêmio de Narração Ciudad de San Sebastián, patrocinado pela Fundação Kutxa.

Henri Simon Leprince

Esta história aconteceu na França pouco antes, durante e pouco depois da Segunda Guerra Mundial. O protagonista se chama Leprince (o nome, sem que se saiba por quê, lhe cai bem, embora ele seja tudo menos um príncipe: de classe média falida, não tem dinheiro, boa educação, amizades convenientes) e é escritor.

Claro, é um escritor fracassado, isto é, sobrevive na imprensa canalha parisiense e publica poemas (que os maus poetas julgam ruins e que os bons poetas nem leem) e contos em revistas de província. As editoras — ou os pareceristas das editoras, essa subcasta execrável —, sem que ele saiba por quê, parecem odiá-lo. Seus manuscritos são sempre rejeitados. É de meia-idade, solteiro, acostumou-se ao fracasso. À sua maneira, é um estoico. Lê Stendhal com orgulho e com uma ponta de desafio. Lê alguns surrealistas que no fundo detesta (ou inveja) com toda a sua alma. Lê Alphonse Daudet (cujas páginas são um bálsamo) e por fidelidade ao pai também lê o lamentável Léon Daudet, que não é um mau prosador.

Em 1940, quando a França capitula, os escritores, antes divididos em mil escolas florescentes, se agrupam depois da tempestade em dois lados mortalmente antagônicos: os que pensam que se pode resistir (subdivididos por sua vez em resistentes ativos — a minoria —, passivos — a maioria —, resistentes simpatizantes, resistentes por omissão, por suicídio, por extralimitação, por fair play, por delicadeza etc.) e os que pensam que é possível colaborar, subdivididos também em múltiplas seções, todas sob a influência gravitacional dos sete pecados capitais. Para muitos, à sombra das revanches políticas, chegou a hora das revanches literárias. Os colaboracionistas assumem o controle de algumas editoras, de algumas revistas, de alguns jornais. Leprince, que à primeira vista está em terra de ninguém, ou que a seu ver está em terra de ninguém, logo compreende que seu território (sua pátria) é o dos escrevinhadores, dos ressentidos, dos escritores de baixa estofa.

Ao cabo de algum tempo os colaboracionistas tentam cooptá-lo, por verem nele, com justiça, um semelhante. O gesto, sem dúvida, além de amistoso é generoso. O novo diretor do seu jornal o chama, explica a nova política da folha em consonância com a política da Nova Europa, oferece-lhe um cargo, mais dinheiro, prestígio, prebendas mínimas, mas que Leprince nunca conheceu.

Naquela manhã entende por fim algumas coisas. Nunca até então tivera a noção do seu papel tão baixo na pirâmide da literatura. Nunca até então se sentira tão importante. Depois de uma noite de reflexão e de exaltação, recusa a proposta.

Os dias que se seguem são de provação. Leprince tenta levar adiante sua vida e seu trabalho como se nada houvesse acontecido. Sabe, porém, que é impossível. Tenta escrever mas não sai nada. Tenta reler seus autores mais queridos, mas as páginas parecem ter ficado em branco ou estar minadas por sinais misteriosos que a cada parágrafo o assaltam. Tenta ler mas é incapaz de se concentrar, de aprender, de desfrutar. Tem pesadelos, às vezes fala sozinho sem se dar conta, sempre que pode empreende longas caminhadas por bairros que conhece muito bem e que, para seu assombro, permanecem iguais, impermeáveis à ocupação e à mudança. Pouco depois entra em contato com alguns inconformistas, com pessoas que ouvem a rádio de Londres e que acreditam na inevitabilidade da luta.

A princípio, sua participação, sua presença nos pontos onde a resistência se reúne é mínima. Sua figura discreta e serena (se bem que acerca da sua serenidade haja opiniões divergentes) passa despercebida. Apesar disso, aqueles sobre os quais recaem as responsabilidades (e que de modo algum pertencem ao grêmio dos escritores) não demoram a notá-lo, a confiar nele. Essa confiança talvez se deva ao fato de que há poucas pessoas dispostas a se arriscar. Em todo caso, Leprince entra na resistência e sua diligência e seu sangue-frio logo o tornam merecedor de missões cada vez mais delicadas (na realidade, pequenos deslocamentos e escaramuças sem maior importância, exceto, claro, para o grêmio dos literatos).

E para esses, certamente, Leprince constitui um enigma e uma surpresa. Os que antes da capitulação gozavam de certa fama e para os quais Leprince não existia começam assiduamente a encontrá-lo em toda parte e, o que é pior, a depender dele para sua cobertura ou seus planos de fuga. Leprince aparece como saído do limbo, ajuda-os, põe à disposição deles tudo o que possui (que é pouco), mostra-se cooperativo e diligente. Os escritores falam com ele. As conversas se produzem de noite, em quartos ou corredores escuros, e nunca excedem os murmúrios. Alguém lhe sugere que se dedique a escrever contos, versos, ensaios. Leprince garante que é o que faz desde 1933. Os escritores querem saber (as noites de espera são longas e angustiosas e alguns puxam conversa) onde publicou seus escritos. Leprince menciona revistas e jornais pútridos, cuja simples menção desperta a náusea ou a tristeza do ouvinte. Os encontros costumam terminar de madrugada, quando Leprince os deixa numa casa segura, com um aperto de mãos ou um rápido abraço seguido de algumas palavras de gratidão. E as palavras são sinceras, mas depois da separação os escritores tentam se desligar de Leprince, esquecê-lo como um sonho ruim sem importância.

Sua presença provoca uma repulsão intraduzível, inclassificável. Sabem que está de seu lado, mas no fundo se negam com todas as forças a aceitá-lo. Percebem, talvez, que Leprince esteve por muitos anos no purgatório das publicações pobres ou canalhas, e sabem que daí não se salva nenhuma pessoa ou animal ou que só se salvam os que são muito fortes e brilhantes e bestiais.

Leprince, nem é preciso dizer, não se encaixa em nenhum desses modelos. Não é fascista, não se filiou ao Partido, não pertence a nenhuma sociedade de escritores. Estes, quem sabe, veem nele um parvenu, um oportunista ao revés (já que o normal seria que Leprince os delatasse, os injuriasse, participasse junto com a polícia de seus interrogatórios e se entregasse de corpo e alma aos colaboracionistas) que num acesso de loucura, tão comum aos escritores-jornalistas, se pôs do lado correto de forma inconsciente, quase como o bacilo de uma doença contagiosa.

O senhor D, por exemplo, exuberante romancista do Languedoc, escreve em seu diário que Leprince lhe parece uma sombra chinesa, e não há outro comentário. O resto, salvo uma ou duas exceções, o ignora. As menções à sua figura rareiam, as menções à sua obra são inexistentes. Ninguém se dá ao trabalho de saber o que escreve o escritor que lhes salvou a vida.

Alheio a tudo, Leprince continua trabalhando no jornal (onde desperta cada vez mais suspeitas) e engenhando suas poesias. Os riscos que cotidianamente assume superam em muito o mínimo necessário para manter perante si mesmo um certo senso de decência. Sua coragem vai com frequência além da temeridade. Uma noite protege um poeta surrealista perseguido pela Gestapo e que terminará seus dias (mas não por culpa de Leprince) num campo de concentração da Alemanha, o qual se despede sem nem sequer lhe agradecer: para o poeta, Leprince existe como companheiro de infortúnio, e nesse nível toda gratidão é de mais, e não como colega (palavra atroz) nem como semelhante na mesma e árdua profissão. Certo fim de semana acompanha até um povoado próximo da fronteira espanhola um ensaísta que no passado despejou palavras de desprezo (talvez justas) sobre seus livros e que nessa hora decisiva nem se lembra dele, tão pequena, tão fantasmal é sua obra e sua estatura pública.

Às vezes Leprince pensa que seu rosto, sua educação, sua atitude, suas leituras são culpadas por essa rejeição. Durante três meses, nas horas livres que o jornal e seu trabalho clandestino lhe deixam, escreve um poema de mais de seiscentos versos em que mergulha no mistério e no martírio dos poetas menores. Terminado o poema (que lhe custou dor e esforços estafantes) compreende com estupor que ele não é um poeta menor. Outro teria continuado investigando, mas Leprince carece de curiosidade sobre si mesmo e queima o poema.

Em abril de 1943 fica sem trabalho. Nos meses seguintes vive ao sabor dos dias, sempre escapando da polícia, dos delatores, da pobreza. Uma noite, o acaso o leva a se refugiar na casa de uma jovem romancista. Leprince está atemorizado e a romancista sofre de insônia, e assim os dois passam muitas horas conversando.

Quem sabe que mecanismos ocultos despertam em Leprince, mas naquela noite confessa abertamente todas as suas frustrações, todos os seus sonhos, todas as suas ambições. A jovem romancista, que frequenta, como só uma francesa é capaz de fazê-lo, os cenáculos literários, reconhece Leprince ou acredita reconhecê-lo. Nos últimos meses ela o viu em centenas de ocasiões, sempre à sombra de algum escritor famoso e em perigo, sempre na antessala da casa de algum dramaturgo engajado, no papel de moço de recados, secretário, camareiro. O senhor era o único que eu não conhecia, diz a jovem romancista, e me perguntava o que fazia naquelas casas. O senhor parecia o homem invisível, acrescenta, sempre em silêncio, sempre disponível.

A franqueza da jovem agrada Leprince, que se deixa levar. Fala da sua obra e a surpresa da sua interlocutora é maiúscula. Inevitavelmente chegam ao tema da marginalidade de Leprince. Ao cabo das horas, a jovem crê ter encontrado o problema e sua solução. Fala-lhe com crueza: tem alguma coisa nele, diz, em sua cara, em sua maneira de falar, em seu olhar, que provoca repulsa na maioria dos homens. A solução é óbvia: ele deve desaparecer, ser um escritor secreto, fazer com que sua literatura não reproduza seu rosto. A solução é tão simples e pueril que só pode ser correta. Leprince ouve-a com assombro e concorda. Sabe que não vai seguir os conselhos da jovem romancista, sente-se surpreso e talvez um pouco ofendido, sabe que é a primeira vez que foi ouvido e compreendido.

Na manhã seguinte um carro da Resistência pega Leprince. Antes de ele partir a jovem romancista aperta sua mão e lhe deseja boa sorte. Depois lhe dá um beijo nos lábios e se põe a chorar. Leprince não entende nada, aturdido balbucia uma frase de agradecimento e vai andando. A romancista o observa da janela: Leprince entra no carro sem olhar para trás. Durante o resto da manhã (e isso Leprince de alguma maneira sonhará em algum lugar, talvez em sua obra irregular) a jovem romancista fica pensando nele, fantasiando com ele, dizendo que está apaixonada por ele, até que o cansaço e o sono por fim a derrotam e ela adormece no sofá.

Nunca mais voltarão a se ver.

Leprince, modesto e repugnante, sobrevive à guerra e em 1946 se recolhe a um pequeno vilarejo da Picardia onde trabalha como professor. Suas colaborações para a imprensa e algumas revistas literárias não são numerosas, mas são regulares. Em seu coração, Leprince aceitou por fim sua condição de mau escritor, mas também compreendeu e aceitou que os bons escritores necessitam dos maus escritores, ainda que só como leitores ou como escudeiros. Sabe também que, ao salvar (ou ajudar) alguns bons escritores, ganhou a pulso o direito de borrar papéis e se enganar. Também ganhou o direito de ser publicado em duas, talvez três revistas. A certa altura, claro, tentou ver outra vez a jovem romancista, saber dela. Mas quando volta à casa ele a encontra ocupada por outras pessoas e ninguém conhece o paradeiro da jovem. Leprince, é claro, a procura, mas esta é outra história. O certo é que nunca mais torna a vê-la.

Quem ele vê, isso sim, são os escritores de Paris. Não com tanta frequência quanto no fundo teria desejado, mas os vê e às vezes fala com eles e eles sabem (geralmente de forma vaga) quem ele é, há inclusive quem leu um ou outro poema em prosa de Leprince. Sua presença, sua fragilidade, sua espantosa soberania serve a alguns de estímulo ou de advertência.

Enrique Martín

Para Enrique Vila-Matas

Um poeta pode suportar tudo. O que equivale a dizer que um homem pode suportar tudo. Mas não é verdade: são poucas as coisas que um homem pode suportar. Suportar mesmo. Um poeta, em compensação, pode suportar tudo. Com essa convicção crescemos. O primeiro enunciado é correto, mas conduz à ruína, à loucura, à morte.

Conheci Enrique Martín poucos meses depois de chegar a Barcelona. Tinha minha idade, havia nascido em 1953 e era poeta. Escrevia em castelhano e catalão com resultados essencialmente idênticos mas formalmente diversos. Sua poesia em castelhano era voluntariosa e afetada, e em não poucas ocasiões tosca, carente de qualquer laivo de originalidade. Seu poeta preferido (nessa língua) era Miguel Hernández, um bom poeta que ignoro por que razão é tão apreciado pelos maus poetas (arrisco uma resposta que temo incompleta: Hernández fala da e partindo da dor, e os maus poetas costumam sofrer como animais de laboratório, sobretudo ao longo da sua dilatada juventude). Em catalão, porém, sua poesia falava de coisas reais e cotidianas, e só seus amigos a conheciam (o que na realidade é um eufemismo: sua poesia em castelhano provavelmente *também* só era lida por nós, seus amigos, a única diferença, pelo menos no que se refere aos leitores, era que a poesia em castelhano era publicada por revistas de tiragem ínfima que desconfio só nós examinávamos e às vezes nem mesmo nós, e as escritas em catalão ele lia para a gente nos bares ou quando visitava nossas casas). Mas o catalão de Enrique era ruim — como podiam os poemas ser bons sem o poeta dominar a língua em que os escrevia? Suponho que isso entra na rubrica mistérios da juventude. O caso é que Enrique não tinha a menor ideia dos rudimentos da gramática catalã e a verdade é que escrevia mal, tanto em castelhano como em catalão, mas eu ainda me lembro de alguns dos seus poemas com certa emoção à qual não é alheia a lembrança da minha própria juventude. Enrique *queria* ser poeta e nesse empenho punha toda a força e toda a vontade de que era capaz. Sua tenacidade (uma tenacidade cega e acrítica, como a dos maus pistoleiros dos filmes, aqueles que caem como moscas sob as balas do herói e que, no entanto, perseveram de forma suicida em seu empenho) no fim das contas o fazia simpático, aureolado por certa santidade literária que só os poetas jovens e as putas velhas sabem apreciar.

Naquela época eu tinha vinte e cinco anos e pensava que já tinha feito de tudo. Enrique, pelo contrário, queria fazer de tudo e se preparava à sua maneira para engolir o mundo. Seu primeiro passo foi lançar uma revista ou um fanzine de literatura que custeou com suas próprias economias, pois tinha uma poupança e um trabalho desde os quinze anos em não sei que obscura firma próxima do porto. Na última hora, os amigos de Enrique (e inclusive um ou outro amigo meu) decidiram não incluir meus poemas no primeiro número e isso, embora me pese reconhecê-lo, conturbou por um tempo nossa amizade. Segundo

Enrique, a culpa foi de outro chileno, um tipo que ele conhecia fazia muito, que sugeriu que dois chilenos no primeiro número de um fanzine de literatura espanhola era demais. Naqueles dias eu estava em Portugal e quando voltei optei por lavar as mãos. Nem a revista tinha nada a ver comigo nem eu tinha nada a ver com a revista. Não aceitei as explicações de Enrique, em parte por comodidade, em parte para satisfazer meu orgulho ferido, e me desinteressei pelo projeto.

Durante um tempo paramos de nos ver. Por gente que ambos conhecíamos e que eu costumava encontrar nos bares da Cidade Velha, nunca deixei de saber, de uma forma sucinta e casual, das suas últimas andanças. Soube assim que da revista (se chamava *Soga Blanca*, um título profético,* mas me consta que não foi ideia dele) só saiu um número, que ele tentou montar uma peça de teatro num ateneu de Nou Barris e que foi posto para correr a lambadas de gorro depois da primeira apresentação, que planejava lançar outra revista.

Uma noite apareceu em casa. Trazia debaixo do braço uma pasta cheia de poemas e queria que eu os lesse. Fomos jantar num restaurante da rua Costa e depois, enquanto tomava café, li alguns. Enrique esperava minha opinião com um misto de autos-satisfação e medo. Compreendi que se eu lhe dissesse que eram ruins nunca mais tornaria a vê-lo, além de me arriscar a uma discussão que podia se prolongar até altas horas da noite. Disse que me pareciam bem escritos. Não mostrei excessivo entusiasmo, mas procurei não insinuar a mais ínfima crítica. Disse até que achava bom um deles, um à maneira de León Felipe, um poema que falava de saudades das terras da Extremadura onde ele nunca havia vivido. Não sei se acreditou. Ele sabia que eu lia Sangui-

---

* Corda Branca. (N. T.)

netti então e que seguia (embora ecleticamente) os ensinamentos do italiano sobre poesia moderna e que portanto não podia gostar de seus versos sobre a Extremadura. Mas fez como se acreditasse em mim, como se tivesse ficado contente por eu tê-los lido, e depois, sintomaticamente, pôs-se a falar da sua revista morta no número 1 e foi aí que eu me dei conta de que não acreditava em mim, mas sobre isso se calava.

Foi só. Conversamos mais um pouco, sobre Sanguinetti e Frank O'Hara (ainda gosto de Frank O'Hara, Sanguinetti faz tempo que não leio), sobre a nova revista que ele pensava lançar e para a qual não me pediu poemas, e depois nos despedimos na rua, perto de casa. Passaram-se um ou dois anos até eu tornar a vê-lo.

Na época, eu vivia com uma mexicana e nossa relação ameaçava acabar com ela, comigo, com os vizinhos, às vezes até com gente que se atrevia a nos visitar. Estes últimos, avisados, pararam de vir à nossa casa e por aqueles dias quase não víamos ninguém; éramos pobres (a mexicana, apesar de pertencer a uma família abastada do DF, se negava terminantemente a receber ajuda econômica desta), nossas brigas eram homéricas, uma nuvem ameaçadora parecia pairar permanentemente sobre nós.

Assim estavam as coisas quando Enrique Martín voltou a aparecer. Ao atravessar a porta com uma garrafa de vinho e um patê francês, tive a impressão de que não queria perder o último ato de uma das minhas piores crises vitais (na realidade eu me sentia bem, quem se sentia mal era minha amiga), mas depois, quando nos convidou pela primeira vez a jantar em sua casa, quando quis que conhecêssemos sua companheira, percebi que no pior dos casos Enrique não tinha vindo contemplar mas ser contemplado, e que no melhor dos casos ainda parecia sentir certa estima por mim. E sei que não apreciei esse gesto pelo que valia, sei que a princípio vi sua irrupção com desagrado e que minha maneira de recebê-lo foi ou quis ser irônica, cínica, provavelmente apenas farta. A verdade é que naqueles dias eu não era uma boa companhia para ninguém. Isso todo mundo sabia e todo mundo me evitava ou fugia de mim. Mas Enrique queria me ver, a mim e à mexicana, vá saber por que obscuros motivos ela foi com a cara de Enrique e da sua companheira, e as visitas, os jantares se sucederam até um total de cinco, não mais.

Claro, quando reatamos nossa amizade, embora essa palavra seja excessiva, poucas eram as coisas em que não dissentíamos. Minha primeira surpresa foi conhecer sua casa (quando parei de vê-lo ele ainda morava com os pais e depois soube que dividiu um apartamento com outros três sujeitos, um apartamento ao qual por um ou outro motivo eu nunca fui). Agora morava numa cobertura do bairro de Gracia, cheio de livros, discos, quadros, um apartamento amplo, talvez um pouco escuro, que sua companheira havia decorado com gosto camaleônico, mas no qual não faltavam certos detalhes curiosos, objetos trazidos das últimas viagens deles (Bulgária, Turquia, Israel, Egito) que às vezes iam além do suvenir de turista, da imitação. Minha segunda surpresa foi quando me disse que não escrevia mais poesia. Disse-o depois do jantar, na frente da mexicana e da sua companheira, se bem que na realidade a confissão era dirigida a mim (eu brincava com uma adaga árabe, enorme, com a lâmina lavrada em ambas as faces, suponho que de difícil uso prático), e quando o fitei seu rosto exibia um sorriso que queria dizer sou adulto, compreendi que para desfrutar da arte não é preciso se fazer de ridículo, não é preciso escrever nem se humilhar.

A mexicana (que era dinamite pura) se condoeu da sua renúncia, obrigou-o a contar a história da revista em que não fui publicado, finalmente achou plausíveis e sensatas as razões que Enrique esgrimiu em defesa da sua renúncia e predisse um retorno não muito tardio à literatura com as forças renovadas. A companheira de Enrique concordou noventa e nove por cento. As duas mulheres (porém, por motivos óbvios, muito mais a companheira de Enrique) pareciam achar decididamente mais poético que ele se dedicasse ao seu trabalho — tinha sido promovido, a promoção o levava às vezes a visitar Cartagena e Málaga por razões que não quis averiguar —, à sua coleção de discos, à sua casa e ao seu carro, do que desperdiçar as horas imitando León Felipe ou, no melhor dos casos (maneira de dizer), Sanguinetti. Não externei nenhuma opinião e quando Enrique me perguntou diretamente o que eu pensava (meu Deus, como se fosse uma perda irreparável para a lírica espanhola ou catalã) respondi que qualquer coisa que ele fizesse seria boa. Não acreditou em mim.

A conversa, naquela noite ou numa das quatro que ainda nos restavam, se dirigiu para os filhos. Lógico: poesia-filhos. E lembro (disso sim eu me lembro com total claridade) que Enrique admitiu que gostaria de ter um filho, a experiência do filho foram suas palavras textuais, não sua mulher mas ele, quer dizer tê-lo nove meses dentro da barriga e pari-lo. Lembro que quando ele disse isso fiquei gelado, a mexicana e sua companheira olharam para ele com ternura, e me pareceu ver, e foi isso que me deixou gelado, o que anos depois, mas infelizmente não muitos anos depois, aconteceria. Quando a sensação passou, foi breve, apenas uma chispa, a afirmação de Enrique me pareceu uma boutade que nem merecia resposta. Claro, eles queriam ter filhos, eu, para variar, não; afinal dos quatro daquele jantar o único que tem filho sou eu, a vida não só é vulgar como também inexplicável.

Foi durante o último jantar, quando minha relação com a mexicana já estava nos minutos de prorrogação, que Enrique nos falou de uma revista para a qual colaborava. Pronto, pensei. Na hora se corrigiu: para a qual *colaboravam*. O plural teve a virtude de me pôr de sobreaviso, mas logo compreendi: ele e sua companheira. Por uma vez (pela última vez) a mexicana e eu estivemos de acordo em alguma coisa e exigimos no ato ver a revista em questão. Era simplesmente uma das muitas que na época se vendiam nas bancas de jornal e cujos temas iam dos óvnis aos fantasmas, passando pelas aparições marianas, as culturas pré-colombianas desconhecidas, os acontecimentos paranormais. Chamava-se *Preguntas & Respuestas* e creio que ainda é vendida. Perguntei, perguntamos, em que consistia exatamente o que eles faziam. Enrique (sua companheira quase não falou durante o último jantar) nos explicou: iam, nos fins de semana, a lugares em que se produziam avistamentos (de discos voadores), entrevistavam as pessoas que os haviam visto, examinavam a zona, procuravam cavernas (naquela noite Enrique afirmou que muitas montanhas da Catalunha e do resto da Espanha estavam ocas), passavam a noite em vigília metidos em sacos de dormir e com a câmara fotográfica ao lado, às vezes iam os dois sozinhos, na maioria das vezes em grupo, quatro, seis pessoas, noites agradáveis ao ar livre, quando tudo acabava preparavam um relatório e parte dele (para quem mandavam o relatório completo?) era publicada, com as fotos, em *Preguntas & Respuestas*.

Naquela noite, depois do jantar, li uns artigos que Enrique e sua companheira assinavam. Eram mal redigidos, toscos, pretensamente científicos, pelo menos a palavra ciência aparecia várias vezes, eram insuportavelmente arrogantes. Quis saber minha opinião sobre eles. Eu me dei conta, pela primeira vez, de que não estavam nem aí para minha opinião e pela primeira vez fui franco e sincero. Sugeri mudanças, disse que devia aprender a escrever, perguntei se na revista tinham revisor de estilo.

Ao sair da casa deles, a mexicana e eu não paramos de rir. Naquela mesma semana, creio, nos separamos. Ela foi para Roma. Eu ainda permaneci mais um ano em Barcelona.

Por muito tempo não soube nada de Enrique. Na verdade, acho que me esqueci dele. Por então eu vivia nos arredores de um vilarejo de Girona com a única companhia de uma cadela e de cinco gatos, quase não via nenhum dos meus antigos conhecidos embora de vez em quando um ou outro aparecesse em casa, em nenhum caso mais de dois dias e uma noite, e com essa pessoa, quem quer que fosse, costumava falar dos amigos de Barcelona, dos amigos do México, e em nenhuma ocasião que eu me lembre Enrique Martín foi mencionado. Eu só ia ao vilarejo uma vez por dia, acompanhado de minha cadela, para comprar comida e olhar minha caixa postal, onde costumava encontrar cartas da minha irmã que me escrevia de um México DF que eu já não podia reconhecer. As outras cartas, muito espaçadas, eram de poetas sul-americanos perdidos na América do Sul com os quais eu mantinha uma correspondência irregular, entre abrupta e dolorosa, fiel reflexo de nós mesmos que começávamos a deixar de ser jovens, a aceitar o fim dos sonhos.

Um dia, no entanto, recebi uma carta diferente. Na realidade, não era propriamente uma carta. Em duas folhas de cartão, dois convites para uma espécie de coquetel que uma editora de Barcelona ofereceu durante o lançamento do meu primeiro romance, coquetel em que não estive presente, alguém havia desenhado uns planos um tanto rudimentares e neles havia escrito as seguintes cifras:

$$3860 + 429777 - 469993? + 51179 -$$
$$588904 + 966 - 39146 + 498207856$$

A carta, é claro, não trazia assinatura. Evidentemente, meu anônimo correspondente havia comparecido ao lançamento do meu livro. É óbvio que não tentei decifrar as cifras: estava claro que era uma frase de oito palavras, certamente seu autor era um dos meus amigos. O caso não revestia maior mistério, exceto, talvez, pelos desenhos. Eles representavam um caminho ondulado, uma casa com uma árvore, um rio que se bifurcava, uma ponte, uma montanha ou um morro, uma caverna. Num lado, uma rosa dos ventos primitiva indicava o norte e o sul. À beira do caminho, na direção contrária à da montanha (decidi finalmente que devia ser uma montanha) e da caverna, uma flecha indicava o nome de um vilarejo de Ampurdán.

Naquela noite, já em casa, enquanto preparava o jantar, soube de repente sem nenhuma dúvida que a carta era de Enrique Martín. Imaginei-o no coquetel da editora, falando com alguns dos meus amigos (um deles deve ter lhe dado o número da minha caixa postal), criticando acerbamente meu livro, indo de um lado para o outro com um copo de vinho na mão, cumprimentando todo mundo, perguntando em voz alta se eu ia ou não ia aparecer. Creio que senti algo parecido com o desprezo. Creio que me lembrei da minha já remota exclusão da *Soga Blanca*.

Uma semana depois tornei a receber outra carta anônima. Novamente o cartão utilizado era um convite para o lançamento do meu livro (deve ter pegado vários no coquetel), mas desta vez descobri algumas variantes. Sob meu nome ele havia transcrito um verso de Miguel Hernández que fala da felicidade e do trabalho. No dorso, com as mesmas cifras da primeira, o mapa experimentava uma mudança radical. A princípio pensei que não queria dizer nada, as linhas eram confusas, às vezes um mero entrecruzamento de riscos e reticências, sinais de exclamação, desenhos borrados ou superpostos. Depois de observá-lo pela enésima vez e comparar com o enviado anteriormente, compreendi o que era óbvio: o novo mapa era a prolongação do mapa antigo, o novo mapa era o mapa da caverna.

Lembro que pensei que já não tínhamos idade para essas brincadeiras, uma tarde folheei na banca, sem chegar a comprar, a revista *Preguntas & Respuestas*. Não vi o nome de Enrique entre os colaboradores. Em poucos dias tornei a me esquecer dele e das suas cartas.

Creio que passaram vários meses, talvez três, talvez quatro. Uma noite ouvi o barulho de um carro que parava em frente da minha casa. Pensei que devia se tratar de alguém que havia se perdido. Saí com a cadela para ver quem era. O carro estava parado junto de umas moitas, com o motor ligado e as luzes acesas. Durante um instante não aconteceu nada. De onde eu estava não podia ver quantos ocupantes tinha o carro, mas não fiquei com medo, com minha cadela ao lado quase nunca ficava com medo. A cadela, por sua vez, rosnava, ansiosa para se precipitar sobre os desconhecidos. Então as luzes se apagaram, o motor se desligou e o único ocupante do carro abriu a porta e me cumprimentou com palavras carinhosas. Era Enrique Martín. Temo que meu cumprimento tenha sido um tanto frio. A primeira coisa que me perguntou foi se eu tinha recebido suas cartas. Disse que sim. Ninguém mexeu nos envelopes? Os envelopes estavam bem fechados? Respondi afirmativamente e perguntei o que estava acontecendo. Problemas, disse, olhando para as luzes do vilarejo às suas costas e para a curva atrás da qual estava a pedreira. Vamos entrar, falei, mas ele não se mexeu de onde estava. O que é aquilo?, perguntou, apontando para as luzes e o barulho da pedreira. Disse o que era e expliquei que pelo menos uma vez por ano, não sei por que razão, trabalhavam até depois da meia-noite. Estranho, disse Enrique. Tornei a insistir em que entrássemos, mas ele não me ouviu ou se fez de desentendido. Não quero incomodar, disse, depois de ser farejado pela cadela. Entre, vamos tomar alguma coisa, falei. Não bebo álcool, disse Enrique. Estive no lançamento do seu romance, acrescentou, achei que você ia. Não, não fui, disse eu. Pensei que agora Enrique começaria a criticar meu livro. Queria que você guardasse uma coisa para mim, disse. Só então me dei conta de que na mão direita ele levava um pacote, folhas de tamanho ofício, sua volta à poesia, pensei. Pareceu adivinhar meu pensamento. Não são poemas, disse com um sorriso desamparado e ao mesmo tempo corajoso, um sorriso que eu certamente não via há muitos anos, não em seu rosto, pelo menos. O que é?, perguntei. Nada, coisas minhas, não quero que você leia, só quero que guarde para mim. Está bem, vamos entrar, disse. Não, não quero incomodar, além do mais não tenho tempo, preciso ir embora já. Como soube onde eu morava?, perguntei. Enrique pronunciou o nome de um amigo comum, o chileno que havia decidido que dois chilenos eram chilenos demais para o primeiro número de *Soga Blanca*. Como esse puto se atreve a dar meu endereço a alguém, falei. Vocês não são mais amigos?, perguntou Enrique. Suponho que sim, respondi, mas não nos vemos muito. Pois eu fiquei contente com que ele tenha me dado, gostei muito de te ver, disse Enrique. Eu devia ter dito: eu também, mas não disse nada. Bem, vou embora, disse Enrique. Nesse momento começaram a soar uns barulhos muito fortes, como de explosões, provenientes da pedreira que o deixaram nervoso. Acalmei-o, não é nada, disse, mas na realidade era a primeira vez que eu ouvia as explosões naquelas horas da noite. Bem, vou embora, falou. Cuide-se, disse eu. Posso te dar um abraço?, disse. Claro que sim, disse eu. O cachorro não vai me morder? É uma cadela, disse eu, não vai te morder.

Por dois anos, o tempo que me restava morar naquela casa dos arredores, mantive o pacote de papéis intacto, tal como Enrique havia me confiado, amarrado com barbante e fita adesiva, entre as revistas velhas e entre meus próprios papéis que, não é demais dizer, cresceram desaforadamente durante esse tempo. As únicas notícias que tive de Enrique me foram dadas pelo chileno da *Soga Blanca*, com o qual conversei sobre a revista e sobre aqueles anos, esclarecendo de passagem o papel desempenhado por ele na exclusão dos meus poemas, nenhum, foi o que ele me afirmou, foi o que deduzi, se bem que àquela altura já não tinha importância. Soube por ele que Enrique tinha uma livraria no bairro de Gracia, perto daquele apartamento que anos atrás, em companhia da mexicana, eu havia visitado cinco vezes. Por ele soube que estava separado, que não colaborava mais para *Preguntas & Respuestas*, que sua ex-mulher trabalhava com ele na livraria. Mas já não viviam juntos, ele me disse, eram amigos, Enrique lhe dava esse trabalho porque ela estava desempregada. E a livraria vai bem?, perguntei. Muito bem, disse o chileno, ao que parece havia saído da empresa em que trabalhava desde adolescente e a indenização foi substancial. Mora lá mesmo, disse. Nos fundos da livraria, em dois cômodos não muito grandes. Os cômodos, eu soube depois, davam para um quintalzinho interno em que Enrique cultivava gerânios, fícus, miosótis, açucenas. As duas únicas portas eram as da livraria, sobre a qual todas as noites baixava uma porta de enrolar que fechava à chave, e uma porta pequena que dava para o corredor do edifício. Não quis perguntar o endereço. Tampouco perguntei se Enrique escrevia ou não escrevia. Pouco depois recebi uma carta deste, assinada, onde me dizia que estivera em Madri (creio que escreveu a carta em Madri, já não estou certo), no famoso Congresso Mundial de Escritores de Ficção Científica. Não, ele não escrevia ficção científica (creio que empregou o termo *s-f*), mas estava lá como enviado de *Preguntas & Respuestas*. O resto da carta era confuso. Falava de um escritor francês cujo nome não me dizia nada, que afirmava que os extraterrestres éramos todos nós, quer dizer, todos os seres vivos no planeta Terra, seres exilados, dizia Enrique, ou desterrados. Depois falava do caminho seguido pelo escritor francês para chegar a tão descabelada conclusão. Essa parte era ininteligível. Mencionava a *polícia da mente*, fazia conjecturas acerca de *túneis tridimensionais*, atrapalhava-se todo como se estivesse, outra vez, escrevendo um poema. A carta terminava com uma frase enigmática: *todos os que sabem se salvam.* Depois vinham os cumprimentos e lembranças de rigor. Foi a última vez que me escreveu.

A notícia seguinte que tive dele foi nosso amigo comum chileno que me proporcionou, de maneira casual, quero dizer sem estridências, numa das minhas cada vez mais frequentes idas a Barcelona, enquanto almoçávamos juntos.

Enrique tinha morrido fazia duas semanas, as coisas aconteceram mais ou menos assim: uma manhã chegou sua ex-companheira e agora funcionária da livraria e a encontrou fechada. Achou estranho, mas não muito porque às vezes Enrique costumava perder a hora. Para tais contingências ela tinha uma chave própria e com esta abriu a porta de enrolar primeiro e a porta de vidro da livraria depois. Em seguida se dirigiu aos fundos, à edícula, e lá encontrou Enrique, enforcado na viga do seu quarto. A funcionária e ex-companheira quase teve um ataque cardíaco com a impressão que sentiu, mas superou o choque, ligou para a polícia, fechou a livraria e ficou esperando sentada na calçada, chorando, suponho, até chegar a primeira viatura. Quando entrou de novo, ao contrário do que esperava, Enrique ainda estava pendurado na viga, os policiais lhe fizeram perguntas, notou então que as paredes do quarto estavam cheias de números, grandes e pequenos, grafitados com pincel atômico uns e com aerossol outros. Os policiais, ela lembrava, fotografaram os números (659983 + 779511 − 336922, coisas desse tipo, incompreensíveis) e o cadáver de Enrique que olhava do alto para eles sem nenhuma consideração. A funcionária e ex-companheira achou que os números eram dívidas acumuladas. Sim, Enrique estava endividado, não muito, não tanto para que alguém quisesse matá-lo, mas existiam dívidas. Os policiais perguntaram se os números já estavam na parede na tarde anterior. Ela disse que não. Depois disse que não sabia. Achava que não. Não entrava fazia tempo naquele quarto.

Verificaram as portas. A que dava para o corredor do edifício estava trancada à chave por dentro. Não encontraram nenhum sinal que indicasse que alguma das portas tivesse sido arrombada. O único jogo de chaves que havia, à parte o da funcionária e ex-companheira, foi encontrado junto da caixa registradora. Quando o juiz chegou despenduraram o corpo de Enrique e levaram-no dali. A autópsia foi concludente, a morte havia sido quase no ato, um suicídio a mais dos muitos que ocorrem em Barcelona.

Por muitas noites, na solidão da minha casa de Ampurdán que logo abandonaria, fiquei pensando no suicídio de Enrique. Custava-me crer que o homem que queria ter um filho, que queria parir ele próprio um filho, tivesse a indelicadeza de permitir que sua funcionária e ex-companheira descobrisse seu corpo enforcado, nu?, vestido?, de pijama?, quem sabe balançando ainda no meio do quarto. Aquilo dos números já me parecia mais provável. Não me dava trabalho imaginar Enrique realizando suas criptografias a noite toda, desde as oito, quando fechou a livraria, até as quatro da manhã, boa hora para morrer. Levantei, claro, algumas hipóteses que talvez explicassem de alguma maneira sua morte. A primeira tinha relação direta com sua última carta, o suicídio como o bilhete de retorno para o planeta natal. A segunda contemplava o assassinato em duas versões. Mas ambas eram excessivas, desmedidas. Lembrei-me do nosso último encontro em frente à minha casa, seus nervos, a sensação de que alguém o perseguia, a sensação de que Enrique acreditava que alguém o perseguia.

Nas viagens seguintes a Barcelona cotejei minhas informações com outros amigos de Enrique, ninguém havia notado nenhuma alteração significativa nele, a ninguém ele havia entregado planos feitos à mão nem pacotes fechados, o único ponto em que percebi contradições e lacunas foi no da sua atividade em *Preguntas & Respuestas*. Segundo alguns, fazia muito tempo que ele já não tinha nenhuma relação com a revista. Segundo outros, continuava colaborando de maneira regular.

Uma tarde em que eu não tinha nada que fazer, depois de resolver alguns assuntos em Barcelona, fui à redação de *Preguntas & Respuestas*. Atendeu-me o diretor. Se esperava encontrar alguém tenebroso, tive uma desilusão, o diretor parecia um vendedor de seguros, mais ou menos como todos os diretores de revistas. Disse a ele que Enrique Martín tinha morrido. Ele não sabia, pronunciou algumas palavras de pesar, esperou. Perguntei se Enrique colaborava regularmente para a revista e, como esperava, obtive uma resposta negativa. Lembrei-o do Congresso Mundial de Ficção Científica realizado não havia muito em Madri. Respondeu que sua revista não tinha enviado ninguém para cobrir o evento, eles, me explicou, não faziam ficção científica, mas jornalismo investigativo. Embora, acrescentou, gostasse muito de ficção científica. Então Enrique foi por conta própria, pensei em voz alta. Deve ter sido isso, disse o diretor, em todo caso para esta casa ele não trabalhava.

Antes que todo mundo o esquecesse, antes que seus amigos continuassem vivendo com Enrique já definitivamente morto, consegui o telefone da sua ex-companheira, ex-funcionária, e liguei para ela. Demorou para se lembrar de mim. Sou eu, disse, Arturo Belano, fui à sua casa cinco vezes, eu vivia então com uma mexicana. Ah, sim, disse ela. Depois permaneceu calada e pensei que havia alguma coisa com o telefone. Mas ela continuava na linha. Liguei para dizer que sinto muito o que aconteceu, falei. Enrique foi ao lançamento do seu livro, disse ela. Eu sei, eu sei, falei. Ele queria te ver, disse ela. Nós nos vimos, falei. Não sei por que queria te ver, disse ela. Eu também gostaria de saber, falei. Bem, já está muito tarde, não?, disse ela. Parece, falei.

Ainda falamos mais um pouco, creio que de seus nervos em frangalhos, depois as moedas acabaram (eu ligava de Girona) e a comunicação foi cortada.

Meses depois deixei a casa. A cadela veio comigo. Os gatos ficaram com uns vizinhos. Na noite anterior à minha partida abri o pacote que Enrique me confiara. Esperava encontrar números e mapas, talvez o sinal que esclarecesse sua morte. Eram umas cinquenta folhas tamanho ofício, devidamente encadernadas. Em nenhuma delas encontrei planos nem mensagens cifradas, só poemas escritos à maneira de Miguel Hernández, alguns à maneira de León Felipe, à maneira de Blas de Otero e de Gabriel Celaya. Naquela noite não consegui dormir. Agora era minha vez de fugir.

Uma aventura literária

B escreve um livro no qual debocha, sob máscaras diversas, de certos escritores, se bem que o mais justo seria dizer de certos arquétipos de escritores. Numa das narrativas aborda a figura de A, um autor da sua idade mas que ao contrário dele é famoso, tem dinheiro, é lido, as maiores ambições (nessa ordem) a que pode aspirar o homem de letras. B não é famoso nem tem dinheiro e seus poemas são impressos em revistas minoritárias. Mas entre A e B nem tudo são diferenças. Os dois provêm de famílias da pequena burguesia ou de um proletariado mais ou menos acomodado. Ambos são de esquerda, compartilham uma curiosidade intelectual parecida, as mesmas carências educativas. A meteórica carreira de A, no entanto, deu a seus escritos um ar de puritanismo que B, leitor ávido, acha insuportável. A, a princípio nos jornais porém cada vez mais frequentemente nas páginas de seus novos livros, pontifica sobre todo o existente, humano ou divino, com a sensaboria acadêmica, com a disposição de quem se serviu da literatura para alcançar uma posição social, uma respeitabilidade, e da sua torre de novo-rico dispara em tudo aquilo que pudesse vir a empanar o espelho em que agora se contempla, em que agora contempla o mundo. Para B, em resumo, A se transformou num santarrão.

B, dizíamos, escreve um livro e num dos capítulos debocha de A. O deboche não é cruento (sobretudo levando em conta que se trata de um só capítulo de um livro mais ou menos extenso). Cria um personagem, Álvaro Medina Mena, escritor de sucesso, e o faz exprimir as mesmas opiniões de A. Mudam os cenários: onde A deblatera contra a pornografia, Medina Mena o faz contra a violência, onde A argumenta contra o mercantilismo na arte contemporânea, Medina Mena se enche de razões para esgrimir contra a pornografia. A história de Medina Mena não se destaca entre o resto das histórias, a maioria delas melhores (se não mais bem escritas, mais bem organizadas). O livro de B é publicado — é a primeira vez que B publica numa editora grande — e começa a receber críticas. A princípio, seu livro passa despercebido. Depois, num dos principais jornais do país, A publica uma resenha absolutamente elogiosa, entusiasta, que arrasta os demais críticos e transforma o livro de B num discreto sucesso de vendas. B, claro, sente-se incomodado. Pelo menos é isso que sente de início, depois, como costuma acontecer, acha natural (ou pelo menos lógico) que A elogie seu livro; este, sem dúvida, é notável em mais de um aspecto e A, sem dúvida, no fundo não é um mau crítico.

Mas ao cabo de dois meses, numa entrevista que sai em outro jornal (não tão importante quanto aquele em que publicou sua resenha), A menciona mais uma vez o livro de B, de forma por demais elogiosa, taxando-o de altamente recomendável: "Um espelho que não se empana". No tom de A, porém, B crê descobrir algo, uma mensagem nas entrelinhas, como se o escritor famoso lhe dissesse: não creia que me enganou, sei que você me retratou, sei que debochou de mim. Elogia meu livro, pensa B, para depois cair matando. Ou então elogia meu livro para que ninguém o identifique com o personagem de Medina Mena. Ou então não se deu conta de nada e nosso encontro escritor-leitor foi um encontro feliz. Todas as possibilidades parecem nefastas. B não acredita nos encontros felizes (isto é, inocentes; isto é, simples) e começa a fazer todo o possível para conhecer pessoalmente A. Em seu foro interior sabe que A se viu retratado no personagem de Medina Mena. Pelo menos tem a razoável convicção de que A leu todo o seu livro e que o leu tal como ele gostaria que lessem. Mas então por que se referiu a ele dessa maneira? Por que elogiar algo em que se debocha — e agora B acredita que o deboche, além de desmedido, talvez tenha sido um pouco injustificado — de você? Não acha explicação. A única plausível é que A não tenha se dado conta da sátira, probabilidade nada desprezível dado que A é cada vez mais imbecil (B lê todos os seus artigos, todos os que saíram depois da resenha elogiosa e há manhãs em que, se pudesse, quebraria aos murros sua cara, a cara de A cada vez mais pacata, mais imbuída pela santa verdade e pela santa impaciência, como se A se acreditasse a reencarnação de Unamuno ou algo do gênero).

Assim sendo, faz todo o possível para conhecê-lo, mas não tem sucesso. Moram em cidades diferentes. A viaja muito e nem sempre é certo encontrá-lo em casa. Seu telefone quase sempre dá ocupado ou a secretária eletrônica é que atende, e quando isso acontece B desliga no ato, pois tem pavor de secretária eletrônica.

Ao cabo de algum tempo B decide que nunca entrará em contato com A. Tenta esquecer o caso, quase consegue. Escreve um novo livro. Quando este sai, A é o primeiro a resenhá-lo. Sua velocidade é tão grande que desafia qualquer disciplina de leitura, pensa B. O livro foi enviado aos críticos numa quinta-feira, e no sábado aparece a resenha de A, pelo menos cinco folhas, na qual demonstra, além do mais, que sua leitura é profunda e razoável, uma leitura lúcida, esclarecedora inclusive para o próprio B, que observa aspectos de seu livro que antes lhe haviam passado despercebidos. A princípio B se sente grato, lisonjeado. Depois se sente aterrorizado. Compreende, de repente, que é impossível que A tenha lido o livro entre o dia em que a editora o enviou aos críticos e o dia em que o jornal publicou sua resenha: um livro enviado na quinta, tal como funciona o correio na Espanha, no melhor dos casos chegaria na segunda da semana seguinte. A primeira possibilidade que ocorre a B é que A tenha escrito a resenha sem ter lido o livro, mas rapidamente rejeita essa ideia. A, é inegável, havia obtido o livro diretamente da editora. B telefona para a editora, fala com a encarregada de vendas, pergunta como é possível que A já houvesse lido seu livro. A encarregada não tem a menor ideia (apesar de ter lido a resenha e estar contente) e promete averiguar. B, quase de joelhos, se é que alguém pode se pôr de joelhos telefonicamente, suplica que ela ligue de volta naquela mesma noite. O resto do dia, como não podia deixar de ser, ele passa imaginando histórias, cada uma mais disparatada que a outra. Às nove da noite, telefona da sua casa para a encarregada de vendas. Não há nenhum mistério, claro, A esteve na editora dias antes e saiu levando um exemplar do livro de B com tempo suficiente para lê-lo com calma e escrever a resenha. A notícia devolve a serenidade a B. Tenta preparar o jantar mas não tem nada na geladeira e resolve sair para comer fora. Leva o jornal em que está a resenha. A princípio caminha sem rumo por ruas desertas, depois encontra aberto um restaurantezinho onde nunca havia estado antes e entra. Todas as mesas estão desocupadas. B senta junto da janela, num canto afastado da lareira que aquece fracamente a sala. Uma moça pergunta o que ele quer. B diz que quer comer. A moça é muito bonita e tem cabelos compridos e desgrenhados, como se acabasse de se levantar. B pede uma sopa e depois um prato de verduras com carne. Enquanto espera, lê novamente a resenha. Tenho que ver A, pensa. Tenho que dizer a ele que estou arrependido, que não quis brincar disto, pensa. A resenha, no entanto, é inofensiva: não diz nada que mais tarde não vão dizer outros resenhistas, no máximo está mais bem escrita (A *sabe* escrever, pensa B com desânimo, talvez com resignação). A comida tem gosto de terra, de matérias putrefatas, de sangue. O frio do restaurante penetra nele até os ossos. Naquela noite fica ruim do estômago e na manhã seguinte se arrasta como pode até o posto de saúde. A doutora que o atende receita antibióticos e uma dieta suave durante uma semana. Deitado, sem vontade de sair de casa, B decide ligar para um amigo e contar toda a história. De início hesita para quem ligar. E se ligar para A e contar a ele?, pensa. Mas não, A, no melhor dos casos, atribuiria tudo a uma coincidência e ato contínuo se dedicaria a ler sob outra luz os textos de B para posteriormente tratar de demoli-lo. No pior, se faria de desentendido. Por fim, B não liga para ninguém e logo um medo de outra natureza cresce dentro de si: o de que alguém, um leitor anônimo, *tenha se dado conta* de que Álvaro Medina Mena é uma imitação de A. A situação, tal como está, lhe parece horrenda. Com mais de duas pessoas no segredo, matuta, pode se tornar insuportável. Mas quem são os leitores potenciais capazes de perceber a identidade de Álvaro Medina Mena? Em teoria, os três mil e quinhentos da primeira edição de seu livro, na prática só uns poucos, os leitores devotos de A, os apaixonados por palavras cruzadas, os que, como ele, estavam fartos de tanta lição de moral e catequese de fim de milênio. Mas o que B pode fazer para que ninguém mais se dê conta? Não sabe. Considera várias possibilidades, desde escrever uma resenha em grau extremamente elogioso do próximo livro de A até escrever *um pequeno livro* sobre toda a obra de A (inclusive seus malfadados artigos de jornal); desde telefonar para ele e pôr as cartas na mesa (mas que cartas?) até visitá-lo uma noite, encurralá-lo no saguão do seu apartamento, obrigá-lo pela força a confessar qual é seu propósito, o que pretende ao se grudar como carrapato em sua obra, que reparações são essas que de maneira implícita está cobrando com tal atitude.

Finalmente B não faz nada.

Seu novo livro obtém boas críticas, mas escasso êxito de público. Ninguém acha estranho que A aposte nele. De fato, A, quando não mergulha em cheio no papel de Catão das letras (e da política) espanholas, é bastante generoso com os novos escritores que entram na arena. Ao fim de algum tempo, B esquece todo o assunto. Possivelmente, consola-se, produto da sua imaginação sobrecarregada pela publicação de dois livros em editoras de prestígio, produto de seus medos desconhecidos, produto de seu sistema nervoso desgastado por tantos anos de trabalho e de anonimato. De modo que esquece tudo e algum tempo depois, de fato, o incidente é tão só uma anedota um tanto desmedida no interior da sua memória. Um dia, porém, convidam-no a um colóquio sobre nova literatura que se realizaria em Madri.

B comparece encantado. Está a ponto de terminar outro livro e o colóquio, pensa, servirá como plataforma para seu futuro lançamento. A viagem e o hotel, claro, são pagos e B quer aproveitar os poucos dias de estada na capital para visitar museus e descansar. O colóquio dura dois dias e B participa da jornada inaugural e assiste como espectador à última. Quando esta acaba, os literatos, em massa, são conduzidos à casa da condessa de Bahamontes, amante das letras e mecenas de múltiplos eventos culturais, dentre os quais se destacam uma revista de poesia, talvez a melhor das que são publicadas na capital, e uma bolsa para escritores que tem seu nome. B, que não conhece ninguém em Madri, está no grupo que vai encerrar a noitada na casa da condessa. A festa, precedida por uma ceia leve mas deliciosa e bem regada com vinhos de colheita própria, se estende até altas horas da madrugada. No início, os participantes não são mais de quinze, mas com o passar das horas vai se somando à recepção uma variada galeria de artistas na qual não faltam escritores mas onde é possível encontrar, também, cineastas, atores, pintores, apresentadores de televisão, toureiros.

Em determinado momento, B tem o privilégio de ser apresentado à condessa e a honra de que esta o chame à parte, a um canto do terraço do qual se domina o jardim. Lá embaixo o espera um amigo, diz a condessa com um sorriso, assinalando com o queixo um caramanchão de madeira rodeado de plátanos, palmeiras, pinhos. B a fita sem entender. A condessa, pensa, em alguma época remota da vida deve ter sido bonita, mas agora é um amontoado de carne e cartilagens movediças. B não se atreve a perguntar pela identidade do "amigo". Assente, garante que descerá de imediato, mas não se mexe. A condessa tampouco se mexe e por um instante ambos permanecem em silêncio, encarando-se, como se tivessem se conhecido (e amado ou odiado) em outra vida. Mas logo a condessa é reclamada por seus outros convidados e B fica só, olhando temeroso para o jardim e o caramanchão onde, ao fim de um instante, distingue uma pessoa ou o movimento fugaz de uma sombra. Deve ser A, pensa, e logo em seguida, conclusão lógica: deve estar armado.

A princípio B pensa em fugir. Não demora a compreender que a única saída que conhece passa perto do caramanchão, de modo que a melhor maneira de fugir seria permanecer em algum dos inúmeros cômodos da casa e esperar que amanheça. Mas talvez não seja A, pensa B, talvez se trate do diretor de uma revista, de um editor, de algum escritor ou escritora que deseje me conhecer. Quase sem se dar conta, B deixa o terraço, consegue uma bebida, começa a descer a escada e sai ao jardim. Ali acende um cigarro e se aproxima sem pressa do caramanchão.

Ao chegar não encontra ninguém, mas tem a certeza de que alguém esteve ali e decide esperar. Uma hora depois, aborrecido e cansado, volta para a casa. Pergunta, aos escassos convidados que perambulavam como sonâmbulos ou como atores de uma peça de teatro excessivamente lenta, pela condessa e ninguém sabe lhe dar uma resposta coerente. Um garçom (que tanto pode estar a serviço da condessa como ter sido convidado por ela para a festa) lhe diz que a dona da casa certamente se retirou para seus aposentos, como de costume, a idade, o senhor sabe. B assente e pensa que, de fato, a idade já não permite muitos excessos. Depois se despede do garçom, apertam-se as mãos e volta a pé para o hotel. No trajeto investe mais de duas horas.

No dia seguinte, em vez de pegar o avião de volta para sua cidade, B dedica a manhã a se mudar para um hotel mais barato onde se instala como se planejasse ficar morando muito tempo na capital e depois passa toda a tarde telefonando para a casa de A. Nos primeiros telefonemas só ouve a secretária eletrônica. É a voz de A e de uma mulher que dizem, um depois do outro e num tom festivo, que voltarão daqui a um instante, que deixem o recado e que se for algo importante deixem também um telefone para o qual possam ligar. Ao cabo de várias chamadas (sem deixar recado) B formou algumas ideias a respeito de A e de sua companheira, da entidade desconhecida que ambos compõem. Primeiro, a voz da mulher. É uma mulher jovem, muito mais moça que ele e que A, provavelmente enérgica, disposta a ocupar um lugar na vida de A e a fazer respeitar seu lugar. Pobre idiota, pensa B. Depois, a voz de A. Um arquétipo de serenidade, a voz de Catão. Esse sujeito, pensa B, tem um ano a menos que eu mas parece quinze ou vinte mais velho. Finalmente, a gravação: por que o tom de alegria? Por que pensam que, se for algo importante, a pessoa que liga vai parar de ligar e se contentar com deixar o telefone? Por que falam como se interpretassem uma peça de teatro, para deixar claro que moram ali duas pessoas ou para explicitar a felicidade que os inunda como casal? Claro, nenhuma das perguntas que B se faz obtém resposta. Mas continua ligando, uma vez a cada meia hora, aproximadamente, e às dez da noite, da cabine de um restaurante barato, atende uma voz de mulher. A princípio, surpreso, B não sabe o que dizer. Quem é, pergunta a mulher. Repete a pergunta várias vezes, depois guarda silêncio, mas sem desligar, como se desse a B a oportunidade de se decidir a falar. Depois, num gesto que se adivinha lento e reflexivo, a mulher desliga. Meia hora mais tarde, de um telefone da rua, B volta a ligar. Novamente é a mulher que atende, ela que pergunta, ela que espera uma resposta. Quero ver A, diz B. Deveria ter dito: quero *falar* com A. Pelo menos a mulher entende assim e lhe chama a atenção para isso. B não responde, pede desculpas, insiste em que quer *ver* A. Da parte de quem, pergunta a mulher. É B, diz B. A mulher hesita uns segundos, como se pensasse quem é B, ao fim dos quais diz está bem, espere um momento. Seu tom de voz não mudou, pensa B, não deixa transparecer nenhum temor, nenhuma ameaça. Pelo telefone, que a mulher certamente deixou em cima de uma mesa ou poltrona ou pendurado na parede da cozinha, ouve vozes. As vozes, evidentemente ininteligíveis, são de um homem e de uma mulher, A e sua jovem companheira, pensa B, mas logo se une a essas vozes a de uma terceira pessoa, um homem, alguém com uma voz muito mais grave. Num primeiro momento parece que conversam, que A é incapaz de interromper nem que por um só instante uma conversa interessantíssima. Depois B acredita que estão discutindo, isso sim. Ou que demoram a se pôr de acordo sobre algo de extrema importância antes de A atender de uma vez por todas o telefone. E na espera ou na incerteza alguém grita, talvez A. Depois se faz um silêncio repentino, como se uma mulher invisível tapasse com cera os ouvidos de B. E depois (depois de várias moedas de cinco pesetas) alguém desliga silenciosamente, piedosamente, o telefone.

Naquela noite B não consegue dormir. Recrimina-se por tudo o que fez. Primeiro pensou em insistir mas decidiu, levado por uma superstição, mudar de cabine. Os dois telefones próximos que encontrou estavam danificados (a capital era uma cidade malcuidada, suja inclusive) e quando por fim encontrou um em condições, ao enfiar as moedas se deu conta de que suas mãos tremiam como se houvesse sofrido um ataque. A visão das mãos o desconsolou tanto que esteve a ponto de chorar. Razoavelmente, pensou que o melhor era acumular forças e que para tanto nada melhor do que um bar. Saiu andando portanto e passado um instante, depois de ter descartado vários bares por motivos diversos e algumas vezes contraditórios, entrou num estabelecimento pequeno e iluminado em excesso onde se aglomeravam mais de trinta pessoas. O ambiente do bar, como não demorou a notar, era de uma camaradagem indiscriminada e barulhenta. De repente se viu conversando com pessoas que não conhecia e que normalmente (em sua cidade, em sua vida cotidiana) teria mantido à distância. Comemoravam uma despedida de solteiro ou a vitória de um dos times locais. Voltou para o hotel de madrugada, sentindo-se vagamente envergonhado.

No dia seguinte, em vez de procurar um lugar onde pudesse almoçar (descobriu sem surpresa que era incapaz de pôr algo na boca), B se instala na primeira cabine que encontra, numa rua bastante barulhenta, e telefona para A. Mais uma vez, a mulher atende. Ao contrário do que B esperava, é reconhecido imediatamente. A não está, diz a mulher, mas quer ver você. E depois de um silêncio: sentimos muito o que aconteceu ontem. O que aconteceu ontem?, pergunta B sinceramente. Ficamos esperando e depois desligamos. Quer dizer, desliguei eu. A queria falar com você, mas me pareceu que não era oportuno. Por que

63

não era oportuno?, pergunta B, já perdido qualquer indício de discrição. Por várias razões, diz a mulher... A não está muito bem de saúde... Quando fala no telefone se excita demais... Estava trabalhando e não convém interrompê-lo... B já não acha a voz da mulher tão juvenil. Certamente está mentindo; nem se dá ao trabalho de procurar mentiras convincentes, além do mais não menciona o homem de voz grave. Apesar de tudo, B acha a mulher encantadora. Mente como uma menina mimada e sabe de antemão que perdoarei suas mentiras. Por outro lado, sua maneira de proteger A de alguma forma é como se realçasse sua própria beleza. Quanto tempo vai ficar na cidade?, pergunta a mulher. Só até ver A, depois vou embora, diz B. Sei, sei, diz a mulher (B fica todo arrepiado), e reflete em silêncio por um instante. B emprega esses segundos ou esses minutos para imaginar seu rosto. O resultado, embora vacilante, é perturbador. O melhor será que venha esta noite, diz a mulher, tem o endereço? Sim, diz B. Muito bem, esperamos você para jantar às oito. Está bem, diz B com um fio de voz e desliga.

B passa o resto do dia andando de um lado para o outro, como um vagabundo ou como um doente mental. Claro, não visita um só museu, mas entra numas livrarias onde compra o último livro de A. Instala-se num parque e lê. O livro é fascinante, embora cada página ressume tristeza. Que bom escritor é A, pensa B. Considera sua própria obra, maculada pela sátira e pela raiva, e a compara desfavoravelmente com a obra de A. Depois adormece ao sol e quando acorda o parque está cheio de mendigos e drogados que à primeira vista dão a impressão de movimento, mas que na realidade não se mexem, embora também não se possa afirmar com propriedade que estão imóveis.

B volta ao hotel, toma banho, faz a barba, põe a roupa que usou no primeiro dia de estada na cidade e que é a mais limpa que tem, depois torna a sair à rua. A mora no centro, num velho edifício de cinco andares. Chama pelo porteiro automático, e uma voz de mulher pergunta quem é. É B, diz B. Entre, diz a mulher, e o zumbido da porta que se abre dura até B chegar ao elevador. E mesmo enquanto o elevador sobe até o andar de A, B acredita ouvir o zumbido, como se arrastasse atrás de si um comprido rabo de lagartixa ou de cobra.

No hall do andar, na porta aberta, A o espera. É alto, pálido, um pouco mais gordo que nas fotos. Sorri com uma ponta de timidez. B sente por um momento que toda a força que lhe serviu para chegar à casa de A se evapora num segundo. Recupera-se, tenta um sorriso, estende a mão. Acima de tudo, pensa, evitar cenas violentas, acima de tudo evitar o melodrama. Até que enfim, diz A, como vai. Muito bem, diz B.

Chamadas telefônicas

B está apaixonado por X. Claro, trata-se de um amor desventurado. B, numa época da vida, esteve disposto a fazer tudo por X, mais ou menos o mesmo que pensam e dizem todos os apaixonados. X rompe com ele. X rompe com ele por *telefone*. A princípio, claro, B sofre, mas com o tempo, como é comum, se recupera. A vida, como dizem nas telenovelas, continua. Os anos passam.

Uma noite em que não tem nada a fazer, B consegue, depois de dois telefonemas, entrar em contato com X. Nenhum dos dois é jovem e isso se nota em suas vozes que cruzam a Espanha de uma ponta à outra. Renasce a amizade e uns dias depois decidem se reencontrar. Ambas as partes carregam divórcios, novas doenças, frustrações. Quando B pega o trem para se dirigir à cidade de X, ainda não está apaixonado. Passam o primeiro dia trancados na casa de X, falando das suas vidas (na realidade quem fala é X, B escuta e de vez em quando pergunta); à noite, X o convida para compartilhar sua cama. B no fundo não tem vontade de dormir com X, mas aceita. De manhã, ao acordar, B está apaixonado outra vez. Mas está apaixonado por X ou está apaixonado pela ideia de estar apaixonado? A relação é problemática e intensa: X todo dia beira o suicídio, está em tratamento psiquiátrico (comprimidos, muitos comprimidos que no entanto não ajudam nada), chora com frequência e sem causa aparente. De modo que B cuida de X. Seus cuidados são carinhosos, diligentes, mas também desajeitados. Seus cuidados arremedam os de um apaixonado verdadeiro. B não demora a se dar conta disso. Tenta fazer com que ela saia da depressão, mas só consegue levar X para um beco sem saída ou que X considera sem saída. Às vezes, quando está sozinho ou quando observa X dormir, B também pensa que o beco não tem saída. Tenta recordar seus amores perdidos como uma forma de antídoto, tenta se convencer de que pode viver sem X, de que pode se salvar sozinho. Uma noite, X lhe pede que vá embora e B pega o trem e deixa a cidade. X vai à estação se despedir. A despedida é afetuosa e desesperada. B viaja de vagão-leito mas só consegue dormir tarde da noite. Quando por fim adormece, sonha com um boneco de neve que anda pelo deserto. O caminho do boneco é limítrofe, provavelmente fadado ao fracasso. Mas o boneco prefere não saber disso e sua astúcia se transforma em sua vontade: anda de noite, quando as estrelas geladas varrem o deserto. Ao acordar (já na estação de Sants, em Barcelona), B acredita compreender o significado do sonho (se é que tinha um) e é capaz de ir para casa com um mínimo de consolo. Naquela noite telefona para X e lhe conta o sonho. X não diz nada. No dia seguinte volta a telefonar para X. E no dia seguinte. A atitude de X é cada vez mais fria, como se com cada chamada B estivesse se afastando no tempo. Estou desaparecendo, pensa B. Ela está me apagando e sabe o que faz e por que faz. Uma noite B ameaça pegar o trem e aparecer na casa de X no dia seguinte. Não se atreva, diz X. Vou sim, diz B, não suporto esses telefonemas, quero ver seu rosto quando falo com você. Não abrirei a porta, diz X e desliga. B não entende nada. Por muito tempo pensa como é possível que um ser humano passe de um extremo a outro de seus sentimentos, de seus desejos. Depois toma um porre ou procura consolo num livro. Os dias passam.

Uma noite, meio ano depois, B chama X por telefone. X demora para reconhecer sua voz. Ah, é você, diz. A frieza de X é daquelas de arrepiar os cabelos. B percebe, apesar disso, que X quer lhe dizer alguma coisa. Ela me ouve como se o tempo não tivesse passado, pensa, como se houvéssemos nos falado ontem. Como você está?, pergunta B. Conte-me alguma coisa, diz B. X responde com monossílabos e pouco depois desliga. Perplexo, B volta a discar o número de X. Quando atendem, no entanto, B prefere se manter em silêncio. Do outro lado, a voz de X pergunta: alô, quem fala. Silêncio. Depois diz: sim?, e se cala. O tempo — o tempo que separava B de X e que B não conseguia compreender — passa pela linha telefônica, se comprime, se espicha, deixa ver uma parte de sua natureza. B, sem se dar conta, pôs-se a chorar. Sabe que X sabe que é ele quem está telefonando. Depois, silenciosamente, desliga.

Até aqui a história é vulgar; lamentável, mas vulgar. B entende que não deve nunca mais telefonar para X. Um dia batem na porta e aparecem A e Z. São policiais e desejam interrogá-lo. B indaga o motivo. A resiste em dá-lo; Z, depois de um rodeio desajeitado, o revela. Há três dias, no outro extremo da Espanha, alguém assassinou X. A princípio B fica prostrado, depois compreende que é um dos suspeitos e seu instinto de sobrevivência o leva a ficar em estado de alerta. Os policiais perguntam por dois dias concretamente. B não se lembra do que fez, quem viu nesses dias. Sabe, como não vai saber, que não saiu de Barcelona, que na verdade nem saiu de seu bairro e de sua casa, mas não pode provar. Os policiais o levam. B passa a noite na delegacia. Num momento do interrogatório acredita que o levarão à cidade de X e essa possibilidade, estranhamente, parece seduzi-lo, mas finalmente isso não acontece. Tiram suas impressões digitais e pedem autorização para fazer um exame de sangue. B aceita. Na manhã seguinte, deixam-no ir para casa. Oficialmente, B não esteve detido, só se prestou a colaborar com a polícia no esclarecimento de um assassinato. Ao chegar em casa, B se joga na cama e adormece de imediato. Sonha com um deserto, sonha com o rosto de X, pouco antes de acordar compreende que ambos são a mesma coisa. Não lhe custa muito inferir que está perdido no deserto.

De noite enfia umas mudas de roupa numa sacola e se dirige para a estação onde pega um trem com destino à cidade de X. Durante a viagem, que demora a noite inteira, de uma ponta à outra da Espanha, não pode dormir e fica pensando em tudo o que podia ter feito e não fez, em tudo o que podia ter dado a X e não deu. Também pensa: se eu fosse o morto, X não faria essa viagem no sentido inverso. E pensa: por isso, precisamente, eu é que estou vivo. Durante a viagem, insone, ele vê X pela primeira vez em sua estatura real, torna a sentir amor por X e despreza a si mesmo, quase a contragosto, pela última vez. Ao chegar, bem cedinho, vai diretamente para a casa do irmão de X. Este fica surpreso e confuso, mas o convida a entrar, oferece-lhe um café. O irmão de X está com a cara recém-lavada e sumariamente vestido. Não tomou banho, constata B, só lavou o rosto e passou um pouco de água nos cabelos. B aceita o café, depois diz que acaba de ficar sabendo do assassinato de X, que a polícia o interrogou, pede que lhe explique o que aconteceu. Foi uma coisa muito triste, diz o irmão de X enquanto prepara o café na cozinha, mas não vejo o que você tem a ver com tudo isso. A polícia acredita que posso ser o assassino, diz B. O irmão de X solta uma risada. Você sempre foi azarado, diz. É estranho que ele me diga isso, pensa B, quando sou eu precisamente quem está vivo. Mas também lhe agradece por não colocar em dúvida sua inocência. Depois o irmão de X vai trabalhar e B fica na casa dele. Em pouco tempo, esgotado, cai num sono profundo. X, como não podia deixar de ser, aparece em seu sonho.

Ao acordar, acredita saber quem é o assassino. Viu seu rosto. Naquela noite sai com o irmão de X, vão a uns bares e falam de coisas banais e por mais que tentem tomar um porre não conseguem. Quando voltam para casa, andando por ruas vazias, B conta que uma vez ligou para X e não disse nada. Que sacanagem, diz o irmão de X. Só fiz isso uma vez, diz B, mas então compreendi que X costumava receber esse tipo de chamadas. E acreditava que era eu. Entendeu?, diz B. O assassino é o cara das chamadas anônimas?, pergunta o irmão de X. Exato, diz B. E X pensava que era eu. O irmão de X franze as sobrancelhas; eu acho, diz, que o assassino é um dos seus ex-amantes, minha irmã tinha muitos pretendentes. B prefere não responder (o irmão de X, a seu ver, não entendeu nada) e os dois permanecem em silêncio até chegar em casa.

No elevador, B sente vontade de vomitar. Diz: vou vomitar. Aguente um pouco, diz o irmão de X. Vão com pressa pelo corredor, o irmão de X abre a porta e B entra disparado em busca do banheiro. Mas ao chegar lá não tem mais vontade de vomitar. Está suando e com o estômago doendo, mas não consegue vomitar. A latrina, com a tampa levantada, parece uma boca toda gengivas rindo dele. Ou rindo de alguém, em todo caso. Depois de lavar o rosto se olha no espelho: está branco como uma folha de papel. O que resta da noite não consegue dormir direito e passa-a tentando ler e ouvindo os roncos do irmão de X. No dia seguinte se despedem, e B volta para Barcelona. Nunca mais ponho os pés nesta cidade, pensa, porque X não está mais aqui.

Uma semana depois o irmão de X lhe telefona para dizer que a polícia pegou o assassino. O cara atormentava X, diz o irmão, com chamadas anônimas. B não responde. Um ex-namorado, diz o irmão de X. Fico contente em saber, diz B, obrigado por me avisar. O irmão de X desliga e B fica sozinho.

DETETIVES

O verme

Parecia um verme branco, com seu chapéu de palha e um cigarro de Bali pendurado no lábio inferior. Todas as manhãs eu o via sentado num banco da Alameda enquanto eu me metia na Librería de Cristal para folhear livros. Quando levantava a cabeça, através das paredes da livraria que de fato eram de vidro, lá estava ele, imóvel, entre as árvores, olhando para o vazio.

Suponho que terminamos nos acostumando um com o outro. Eu chegava às oito e meia da manhã e ele já estava lá, sentado num banco, sem fazer nada além de fumar e ficar de olhos abertos. Nunca o vi com um jornal, com um sanduíche, com uma cerveja, com um livro. Nunca o vi falar com ninguém. Em certa ocasião, observando-o das estantes de literatura francesa, imaginei que dormia na Alameda, num banco ou na entrada de um edifício de alguma das ruas próximas, mas depois conjecturei que estava limpo demais para dormir na rua e que certamente se hospedava em alguma pensão das vizinhanças. Era, constatei, um animal de costumes, tal como eu. Minha rotina consistia em levantar cedo, tomar o café da manhã com minha mãe, meu pai e meu irmão, fingir que ia para o colégio e pegar um ônibus que me deixava no centro, onde dedicava a primeira parte da manhã aos livros e a passear e a segunda a ir ao cinema e, de uma maneira menos explícita, ao sexo.

Os livros, costumava comprar na Librería de Cristal e na Librería del Sótano. Se tinha pouco dinheiro, na primeira, onde sempre havia uma mesa de saldos, se tinha dinheiro bastante, na última, que era a que tinha novidades. Se não tinha dinheiro, como acontecia com frequência, costumava roubá-los indistintamente numa ou noutra. Fosse como fosse, no entanto, minha passagem pela Librería de Cristal e pela Librería del Sótano (em frente à Alameda e situada, como seu nome indica, num porão) era obrigatória. Às vezes chegava antes do comércio abrir e então o que fazia era procurar um ambulante, comprar um sanduíche de presunto e um suco de manga e esperar. Às vezes sentava num banco da Alameda, um que fica escondido no meio da vegetação, e escrevia. Isso tudo durava aproximadamente até as dez da manhã, hora em que começavam em alguns cinemas do centro as primeiras sessões matinais. Procurava filmes europeus, mas em algumas manhãs de inspiração não discriminava o novo cinema erótico mexicano ou o novo cinema de terror mexicano, o que no caso era a mesma coisa.

O que mais vezes vi creio que era francês. Falava de duas moças que viviam sozinhas numa casa de subúrbio. Uma era loura, a outra ruiva. A loura tinha sido abandonada pelo namorado e ao mesmo tempo (ao mesmo tempo que a dor, quero dizer) tem problemas de personalidade: acredita que está se apaixonando por sua companheira. A ruiva é mais moça, é mais inocente, é mais irresponsável; isto é, mais feliz (embora eu, na época, fosse moço, inocente e irresponsável, e me acreditasse profundamente infeliz). Um dia, um fugitivo da justiça entra sub-repticiamente em sua casa e as sequestra. O curioso é que a invasão ocorre precisamente na noite em que a loura, depois de fazer amor com a ruiva, decidiu se suicidar. O fugitivo se introduz por uma janela, faca na mão, percorre pé ante pé a casa, chega ao quarto da ruiva, ele a domina, amarra, interroga, pergunta quantas pessoas mais moram ali, a ruiva diz que só ela e a loura, amordaça-a. Mas a loura não está em seu quarto e o fugitivo começa a percorrer a casa, mais nervoso a cada minuto que passa, até que finalmente encontra a loura caída no porão, desmaiada, com sintomas inequívocos de ter engolido toda a farmácia da casa. O fugitivo não é um assassino, em todo caso não é um assassino de mulheres, e salva a loura: ele a faz vomitar, prepara-lhe um litro de café, obriga-a a tomar leite etc.

Passam-se os dias e as mulheres e o fugitivo começam a ter mais intimidade. O fugitivo conta a elas sua história: é um ex-ladrão de bancos, um ex-presidiário, seus ex-companheiros assassinaram sua esposa. As duas mulheres são artistas de cabaré e uma tarde ou uma noite, não se sabe, vivem com as cortinas fechadas, fazem uma representação: a loura se afunda numa magnífica pele de urso e a ruiva finge que é a domadora. No início, o urso obedece, mas depois se rebela e com suas garras vai despojando pouco a pouco a ruiva de suas roupas. Finalmente, já nua, ela cai derrotada e o urso pula em cima dela. Não, não a mata, faz amor com ela. E aqui vem o mais curioso: o fugitivo, depois de ver o número, não se apaixona pela ruiva mas pela loura, isto é, pelo urso.

O fim é previsível mas não carece de certa poesia: numa noite de chuva, depois de matar seus dois ex-companheiros, o fugitivo e a loura fogem com destino incerto e a ruiva fica sentada numa poltrona, lendo, dando tempo a eles antes de chamar a polícia. O livro que a ruiva lê, notei da terceira vez que vi o filme, é A *queda*, de Camus. Também vi alguns filmes mexicanos mais ou menos do mesmo estilo: mulheres que eram sequestradas por uns sujeitos sinistros mas no fundo boa gente, fugitivos que sequestravam senhoras ricas e mulheres jovens e no fim de uma noite de paixão eram varados a bala, bonitas empregadas domésticas que começavam do zero e que depois de passar por todos os estágios do crime alcançavam os mais altos patamares de riqueza e poder. Na época, quase todos os filmes que saíam dos Estudios Churubusco eram thrillers eróticos, mas também não escasseavam os filmes de terror erótico e os de humor erótico. Os de terror seguiam a linha clássica do terror mexicano estabelecido nos anos 1950 e que estava tão arraigada no país quanto a escola muralista. Seus ícones oscilavam entre o Santo, o Cientista Louco, os Vaqueiros Vampiros e a Inocente, adereçada com modernos nus interpretados preferivelmente por desconhecidas atrizes norte-americanas, europeias, uma ou outra argentina, cenas de sexo mais ou menos dissimulado e uma crueldade nos limites do risível e do irremediável. Os de humor erótico não me agradavam.

Uma manhã, enquanto procurava um livro na Librería del Sótano, vi que estavam rodando um filme na Alameda e me aproximei para xeretar. Reconheci de imediato Jaqueline Andere. Ela estava sozinha e olhava para a cortina de árvores que se erguia à sua esquerda quase sem se mexer, como se esperasse um sinal. A seu redor havia vários focos de luz. Não sei por que me passou pela cabeça a ideia de lhe pedir um autógrafo, nunca me interessaram. Esperei que acabasse de filmar. Um sujeito se aproximou dela e conversaram (Ignacio López Tarso?), o sujeito gesticulou com irritação, afastou-se por um dos caminhos da Alameda e, depois de hesitar por uns instantes, Jaqueline Andere se afastou por outro. Vinha diretamente em minha direção. Eu também saí andando e nos encontramos no meio do caminho. Foi uma das coisas mais simples que aconteceram comigo: ninguém me deteve, ninguém me disse nada, ninguém se interpôs entre Jaqueline e mim, ninguém me perguntou o que eu estava fazendo ali. Antes de nos cruzarmos, Jaqueline parou e virou a cabeça para a equipe de filmagem, como se ouvisse alguma coisa, embora nenhum dos técnicos tivesse dito nada. Depois continuou andando com o mesmo ar de despreocupação em direção ao Palácio de Belas-Artes, e a única coisa que tive que fazer foi parar, cumprimentá-la, pedir um autógrafo, esconder minha surpresa ao constatar sua baixa estatura que nem sequer os sapatos de salto agulha conseguiam dissimular. Por um momento, tão a sós estávamos, pensei que teria podido sequestrá-la. A mera probabilidade me arrepiou os pelos da nuca. Ela olhou para mim de alto a baixo, o cabelo louro com uma tonalidade cinza que eu desconhecia (pode ser que tivesse pintado), os olhos castanhos amendoados muito grandes e muito doces, mas não, doces não é a palavra, tranquilos, de uma tranquilidade espantosa, como se estivesse drogada ou tivesse o encefalograma plano ou fosse uma extraterrestre, e me disse uma coisa que não entendi.

A caneta, disse, a caneta para eu assinar. Procurei no bolso do meu blusão uma esferográfica e a fiz assinar a primeira página de A *queda*. Arrancou-me o livro da mão e ficou olhando para ele alguns segundos. Suas mãos eram pequenas e muito finas. Como quer que assine, perguntou, como Albert Camus ou como Jaqueline Andere? Como quiser, respondi. Embora ela não tenha erguido o rosto do livro, notei que sorria. Você é estudante?, perguntou. Respondi afirmativamente. E o que faz aqui em vez de estar assistindo à aula? Acho que nunca mais vou voltar para a escola, falei. Que idade você tem?, perguntou. Dezesseis, respondi. E seus pais, sabem que você não vai à escola? Não, claro que não, respondi. Você não respondeu a uma pergunta, disse ela erguendo o olhar e pousando-o em meus olhos. Que pergunta?, indaguei. O que está fazendo aqui? Quando eu era moça, acrescentou, os garotos matavam aula nos bilhares ou nos boliches. Leio livros e vou ao cinema, respondi. Além do mais, não mato aula. Sei, você pratica evasão escolar, disse ela. Desta vez fui eu que sorri. E que filmes se veem a esta hora?, perguntou. Todos, respondi, alguns seus. Isso pareceu não lhe agradar. Voltou a olhar para o livro, mordeu o lábio inferior, olhou para mim e pestanejou como se seus olhos doessem. Depois perguntou meu nome. Bom, assinemos então, disse. Era canhota. Sua letra era grande e pouco clara. Tenho de ir, disse ela devolvendo-me o livro e a esferográfica. Estendeu a mão, trocamos um aperto e se afastou pela Alameda de volta para onde estava a equipe de filmagem. Fiquei imóvel, olhando para ela, duas mulheres se aproximaram dela uns cinquenta metros adiante, vestiam-se como freiras missionárias, duas freiras mexicanas missionárias que levaram Jaqueline até debaixo de um *ahuehuete*.* Depois um homem se aproximou delas, conversaram, depois os quatro se afastaram por um dos caminhos de saída da Alameda.

Na primeira página de A *queda*, Jaqueline escreveu: "Para Arturo Belano, um estudante liberado, com um beijo de Jaqueline Andere".

De repente senti que não estava a fim de livrarias, não estava a fim de passeios, não estava a fim de sessões matinais (principalmente não estava a fim de sessões matinais). A proa de uma enorme nuvem apareceu sobre o centro do DF, enquanto ao norte da cidade ecoavam as primeiras trovoadas. Compreendi que o filme de Jaqueline tinha sido interrompido pela proximidade iminente da chuva e me senti só. Por uns segundos não soube o que fazer, para onde ir. Então o Verme me cumprimentou. Suponho que depois de tantos dias ele também tinha prestado atenção em mim. Virei-me e lá estava ele, sentado no mesmo banco de sempre, nítido, absolutamente real com seu

---

* Árvore nacional do México, enorme e frondosa. (N. T.)

chapéu de palha e sua camisa branca. Quando os técnicos de filmagem foram embora, verifiquei assustado, o cenário havia experimentado uma mudança sutil mas determinante: era como se o mar tivesse se aberto e agora desse para ver o fundo marinho. A Alameda vazia era o fundo do mar e o Verme, sua joia mais preciosa. Cumprimentei-o, fiz uma observação banal, caiu um dilúvio, abandonamos juntos a Alameda em direção à avenida Hidalgo e depois caminhamos pela Lázaro Cárdenas até a Perú.

O que aconteceu depois é pouco nítido, como que visto através da chuva que varria as ruas, e ao mesmo tempo de uma naturalidade extrema. O bar se chamava Las Camelias e estava cheio de mariachis e cantores. Pedi *enchiladas* e uma Tecate, o Verme uma coca-cola e mais tarde (mas não deve ter sido muito mais tarde) comprou de um vendedor ambulantes três ovos de tartaruga. Queria falar de Jaqueline Andere. Não demorei a compreender, maravilhado, que o Verme não sabia que aquela mulher era uma atriz de cinema. Fiz saber que ela estava precisamente rodando um filme, mas o Verme simplesmente não se lembrava dos técnicos nem dos aparelhos usados na filmagem. A presença de Jaqueline na alameda em que seu banco ficava havia apagado todo o resto. Quando parou de chover, o Verme puxou um maço de notas do bolso de trás, pagou e saiu.

No dia seguinte voltamos a nos encontrar. Pela expressão que fez ao me ver, pensei que não me reconhecia ou que não queria me cumprimentar. De todo modo me aproximei. Parecia dormir, embora estivesse de olhos abertos. Era magro, mas suas carnes, com exceção dos braços e das pernas, se adivinhavam moles, fofas até, como as dos esportistas que não fazem mais exercício. Sua flacidez, apesar de tudo, era mais de ordem moral do que física. Seus ossos eram pequenos e fortes. Logo soube que era do norte ou que havia vivido muito tempo no norte, o que no caso dava na mesma. Sou de Sonora, disse. Achei curioso, pois meu avô também era de lá. Isso interessou ao Verme, que quis saber de que parte de Sonora. De Santa Teresa, disse. E eu, de Villaviciosa, disse o Verme. Uma noite perguntei a meu pai se conhecia Villaviciosa. Claro que conheço, disse meu pai, fica a poucos quilômetros de Santa Teresa. Pedi que me descrevesse o lugar. É um vilarejo bem pequeno, disse meu pai, não deve ter mais de mil habitantes (depois eu soube que não chegavam a quinhentos), bastante pobre, com poucos meios de sobrevivência, sem uma só indústria. Está destinado a desaparecer, disse meu pai. Desaparecer como?, perguntei. Pela emigração, disse meu pai, os moradores vão para cidades como Santa Teresa ou Hermosillo, ou para os Estados Unidos. Quando disse aquilo ao Verme, ele não concordou, muito embora na realidade as palavras "concordar" ou "discordar" não tivessem o menor significado para ele. O Verme nunca discutia, tampouco expressava opiniões, não era uma falta de respeito para com os outros, simplesmente ouvia e armazenava, ou talvez só ouvisse e depois esquecesse, capturado numa órbita diferente da das outras pessoas. Sua voz era suave e monocórdia, mas de vez em quando ele subia o tom e então parecia um louco imitando um louco, e eu nunca fiquei sabendo se fazia isso de propósito, como parte de um jogo que só ele compreendia, ou se não conseguia evitá-lo e aquelas subidas de tom eram parte do inferno. Fundava sua segurança quanto à sobrevivência de Villaviciosa na antiguidade do vilarejo; também, mas isso só compreendi mais tarde, na precariedade que o rodeava e o carcomia, aquilo que segundo meu pai ameaçava sua própria existência.

Não era um tipo curioso, embora poucas coisas lhe passassem despercebidas. Uma vez deu uma olhada nos livros que eu levava, um a um, como se tivesse dificuldade ou como se não soubesse ler. Depois nunca mais voltou a se interessar por meus livros, apesar de todas as manhãs eu aparecer com um novo. Às vezes, talvez porque de alguma maneira ele me considerasse um conterrâneo, falávamos de Sonora, que eu mal conhecia: só tinha ido lá uma vez, para o enterro do meu avô. Nomeava povoados como Nacozari, Bacoache, Fronteras, Villa Hidalgo, Bacerac, Bavispe, Agua Prieta, Naco, que para mim tinham as mesmas qualidades do ouro. Nomeava aldeias perdidas nos departamentos de Nacori Chico e Bacadéhuachi, perto da fronteira com o estado de Chihuahua, e então, não sei por quê, tapava a boca como se fosse espirrar ou bocejar. Parecia ter andado e dormido em todas as serras: a de Las Palomas e La Cieneguita, a serra Guijas e a serra La Madera, a serra San Antonio e a serra Cibuta, a serra Tumacacori e a serra Sierrita, já bem dentro do território do Arizona, a serra Cuevas e a serra Ochitahueca, no noroeste, perto de Chihuahua, a serra La Pola e a serra Las Tablas no sul, a caminho de Sinaloa, a serra La Gloria e a serra El Pinacate em direção ao noroeste, como quem vai para a baixa Califórnia. Conhecia toda Sonora, de Huatabampo e Empalme, na costa do golfo da Califórnia, até os pequenos vilarejos perdidos no deserto. Sabia falar *iáqui* e *pápago* (língua que circulava livremente entre os limites de Sonora e do Arizona) e podia entender *séri, pima, mayo* e inglês. Seu espanhol era seco, às vezes com um leve ar afetado que seus olhos contradiziam. Passei pelas terras do seu avô, que em paz descanse, como uma sombra sem destino, disse-me uma vez.

Toda manhã nos encontrávamos. Às vezes eu tentava bancar o distraído, voltar quem sabe aos meus passeios solitários, ao meu cinema matinal, mas ele sempre estava lá, sentado no mesmo banco da Alameda, muito quieto, com o cigarro pendurado nos lábios e o chapéu de palha tapando a metade da testa (sua testa de verme branco), e era inevitável que eu, submerso entre as estantes da Librería de Cristal, o visse, ficasse um instante observando-o e por fim fosse me sentar a seu lado.

Não demorei a descobrir que andava sempre armado. A princípio pensei que talvez fosse da polícia ou que perseguia alguém, mas era evidente que não era da polícia (ou que pelo menos não era mais) e poucas vezes vi uma pessoa com uma atitude mais despreocupada com os outros: nunca olhava para trás, nunca olhava para os lados, raras vezes olhava para o chão. Quando perguntei por que andava armado, o Verme respondeu que por hábito e eu acreditei de imediato. Levava a arma nas costas, entre a espinha e as calças. Usou-a muitas vezes?, perguntei. Sim, muitas vezes, disse como em sonho. Por alguns dias a arma do Verme me obcecou. Às vezes a sacava, tirava o carregador e me passava para que a examinasse. Parecia velha e pesada. Geralmente eu a devolvia poucos segundos depois, pedindo que a guardasse. Às vezes era difícil para mim ficar sentado num banco da Alameda conversando (ou monologando) com um homem armado, não pelo que ele pudesse me fazer, pois desde o primeiro instante eu soube que o Verme e eu sempre seríamos amigos, mas pelo temor de que a polícia do DF nos visse, por medo de que nos revistassem e descobrissem a arma do Verme e acabássemos os dois em algum calabouço obscuro.

Uma manhã ficou doente e me falou de Villaviciosa. Eu o vi da Librería de Cristal e me pareceu igual a sempre, mas ao me aproximar dele notei que a camisa estava amarrotada, como se ele houvesse dormido com ela. Ao me sentar a seu lado, notei que tremia. Pouco depois os tremores foram crescendo. Você está com febre, disse eu, tem que ir para a cama. Levei-o, apesar dos seus protestos, até a pensão onde morava. Deite-se, falei. O Verme tirou a camisa, pôs a pistola debaixo do travesseiro e pareceu adormecer no ato, mas com os olhos fixos no teto. No quarto havia uma cama estreita, uma mesa de cabeceira, um armário decrépito. Dentro do armário vi três camisas brancas como a que ele acabava de tirar perfeitamente dobradas e duas calças da mesma cor penduradas cada uma num cabide. Debaixo da camisa distingui uma maleta de couro de excelente qualidade, daquelas com fecho de caixa-forte. Não vi um só jornal, uma só revista. O quarto recendia a desinfetante, tal como a escada da pensão. Dê-me dinheiro para eu ir a uma farmácia comprar alguma coisa para você, falei. Ele me deu um maço de notas que tirou do bolso da calça e voltou a ficar imóvel. De vez em quando um calafrio o percorria da cabeça aos pés como se fosse morrer. Mas só de vez em quando. Por um momento pensei que o melhor talvez fosse chamar um médico, mas compreendi que o Verme não ia gostar disso. Quando voltei, carregado de remédios e garrafas de coca-cola, ele tinha dormido. Dei-lhe uma dose cavalar de antibióticos e uns comprimidos para baixar a febre. Depois o fiz beber meio litro de coca-cola. Tinha comprado também uma panqueca, que deixei na mesa de cabeceira, caso tivesse fome mais tarde. Quando eu já ia saindo, abriu os olhos e pôs-se a falar de Villaviciosa.

À sua maneira, foi pródigo em detalhes. Disse que o vilarejo não tinha mais de sessenta casas, dois botecos, um armazém de secos e molhados. Disse que as casas eram de adobe e que alguns pátios eram acimentados. Disse que dos pátios escapava um mau cheiro que às vezes era insuportável. Disse que era insuportável para a alma, inclusive para a falta de alma, inclusive para a falta de sentidos. Disse que por isso alguns pátios eram acimentados. Disse que o vilarejo tinha entre dois e três mil anos e que os nativos trabalhavam como assassinos e seguranças. Disse que um assassino não perseguia um assassino, como é que ia persegui-lo, que isso seria como uma cobra mordendo o próprio rabo. Disse que existiam cobras que mordiam o rabo. Disse que até havia cobras que se engoliam inteiras e que se você visse uma cobra no ato de se engolir era melhor sair correndo porque no fim sempre acontecia algo ruim, como uma explosão da realidade. Disse que perto do vilarejo passava um rio chamado Río Negro pela cor das suas águas e que estas, ao margear o cemitério, formavam um delta que a terra seca acabava chupando. Disse que as pessoas às vezes ficavam um tempão contemplando o horizonte, o sol que desaparecia detrás do morro El Lagarto, e que o horizonte era cor de carne, como as costas de um moribundo. E o que esperam que apareça por lá?, perguntei. Minha própria voz me assustou. Não sei, respondeu ele. Depois disse: uma piroca. E depois: o vento e a poeira, talvez. Depois pareceu se acalmar e após um instante achei que estava dormindo. Volto amanhã, murmurei, tome os remédios e não se levante.

Saí em silêncio.

Na manhã seguinte, antes de ir à pensão do Verme, dei uma passada, como sempre, pela Librería de Cristal. Quando ia saindo, eu o vi através das paredes transparentes. Estava sentado no mesmo banco de sempre, com uma camisa branca folgada e limpa e calça branca imaculada. O chapéu de palha tapava a metade da cara e um cigarro de Bali estava pendurado no lábio inferior. Olhava para a frente, como era costumeiro nele, e parecia com boa saúde. Naquele meio-dia, ao nos separar, entregou-me com um gesto tosco várias notas e disse algo acerca do incômodo que eu havia tido no dia anterior. Era muito dinheiro. Disse a ele que não me devia nada, que teria feito a mesma coisa por qualquer amigo. O Verme insistiu em que eu pegasse o dinheiro. Assim vai poder comprar uns livros, disse. Tenho muitos, respondi. Assim vai deixar de roubar livros por algum tempo, disse. Afinal, tirei o dinheiro das mãos dele. Passou muito tempo, não me lembro da soma exata, o peso mexicano se desvalorizou muitas vezes, só sei que me serviu para comprar vinte livros e dois discos do The Doors, e que para mim aquela quantia era uma fortuna. Dinheiro não faltava ao Verme.

Nunca mais voltou a me falar de Villaviciosa. Durante um mês e meio, talvez dois meses, nos vimos todas as manhãs e nos despedimos todo meio-dia, quando chegava a hora de almoçar e eu voltava para casa no ônibus da Villa ou de lotação. Uma ou outra vez convidei-o para ir ao cinema, mas o Verme nunca quis ir. Gostava de conversar comigo sentado em seu banco da Alameda ou passeando pelas ruas dos arredores, e de vez em quando condescendia em entrar num bar onde sempre procurava o vendedor ambulante de ovos de tartaruga. Nunca o vi tomar álcool. Poucos dias antes de desaparecer para sempre cismou de me fazer falar de Jaqueline Andere. Compreendi que era sua maneira de recordá-la. Eu falava do seu cabelo louro acinzentado e o comparava favoravelmente com o cabelo louro cor de mel que exibia em seus filmes, e o Verme assentia levemente, a vista cravada na frente, como se tivesse Jaqueline Andere na retina ou como se a visse pela primeira vez. Uma vez perguntei de que tipo de mulheres gostava. Era uma pergunta cretina, feita por um adolescente que só queria matar o tempo. Mas o Verme a tomou ao pé da letra e demorou um bom tempo matutando a resposta. Por fim disse: tranquilas. E depois acrescentou: mas só os mortos estão tranquilos. E ao fim de um instante: nem os mortos, pensando bem.

Certa manhã, me deu um canivete de presente. No cabo de osso podia se ler a palavra "Caborca" escrita em finas letras de alpaca. Lembro que agradeci efusivamente e que naquela manhã, enquanto batíamos papo na Alameda ou enquanto passeávamos pelas concorridas ruas do centro, eu abria e fechava a lâmina, admirando a empunhadura, pesando-o na palma da mão, maravilhado com suas proporções tão precisas. Quanto ao mais, aquele dia foi idêntico aos outros. Na manhã seguinte o Verme não apareceu.

Dois dias depois fui procurá-lo na sua pensão e me disseram que tinha ido para o norte. Nunca mais tornei a vê-lo.

A neve

Eu o conheci num bar da rua Tallers, em Barcelona, deve fazer uns cinco anos. Quando soube que eu era chileno veio me cumprimentar, ele também havia nascido naquelas bandas.

Tinha mais ou menos a minha idade, trinta e tantos, e bebia bastante, mas nunca o vi bêbado. Chamava-se Rogelio Estrada. Era magro, de estatura mais para baixa, moreno. Seu sorriso parecia permanentemente instalado entre o espanto e a malícia, mas com o tempo descobri que era muito mais inocente do que pretendia. Uma noite fui ao bar com um grupo de amigos catalães. Falamos sobre livros. Rogelio veio até nossa mesa e disse que o maior escritor do século era, sem dúvida, Mikhail Bulgákov. Um dos catalães tinha lido *O mestre e Margarida* e *O romance teatral*, mas Rogelio citou outras obras do insigne romancista, creio que mais de dez, e as citou em russo. Meus amigos e eu pensamos que ele estava de gozação, e logo começamos a falar de outras coisas. Uma noite ele me convidou para ir à sua casa e não sei por que fui com ele. Morava numa rua próxima, a poucos metros de um cinema de ínfima categoria que os garotos do bairro chamavam de cinema fantasma. A casa era velha e estava cheia de móveis que não lhe pertenciam. Sentamos na sala, Rogelio pôs um disco, uma música horrível e exagerada em permanente crescendo, depois encheu dois copos de vodca. Numa estante, a foto de uma moça numa moldura de prata presidia a sala. O resto dos adornos era banal: cartões-postais de diferentes países europeus, uma flâmula velhíssima do Colo-Colo, outra da Universidade do Chile, uma terceira do Santiago Morning, também muito velhas e manuseadas. Bonita, não é?, disse Rogelio apontando para a moça da moldura de prata. É, muito bonita, repliquei. Depois tornei a me sentar e bebemos um instante em silêncio. Quando Rogelio por fim falou, a garrafa estava quase vazia. Primeiro tem que esvaziar a garrafa, depois a alma. Encolhi os ombros. Mas eu, acrescentou, como é natural, não acredito na alma. A questão fundamental é o tempo, não é mesmo? Você tem tempo para ouvir minha história? Depende da história, falei, mas acho que sim. Não vai ser muito comprida, disse Rogelio. Então se levantou, pegou a foto da moldura de prata, sentou-se à minha frente com a foto aconchegada no braço esquerdo e um copo de vodca na mão direita e deu início à sua narrativa:

Minha infância foi feliz e não tem nada a ver com o que depois foi a minha vida. As coisas começaram a se complicar durante a adolescência. Eu vivia em Santiago e segundo meu pai estava destinado a virar delinquente juvenil. Meu pai, se você ainda não sabe (e não vejo por que teria que saber), era José Estrada Martínez, vulgo Barrigudo Estrada, um dos principais dirigentes do Partido Comunista do Chile. Minha família era proletária, com consciência de classe, lutadora, e com uma honradez à prova de fogo. Aos treze anos roubei uma bicicleta. Com isso acho que explico tudo. Me pegaram dois dias depois e levei uma surra que nem te conto. Aos catorze comecei a fumar maconha que uns amigos do bairro cultivavam nas encostas da cordilheira. Meu pai, por então, tinha um alto cargo no governo de Allende e sua preocupação maior, pobre velho, era que a imprensa reacionária revelasse os rolos em que seu primogênito andava metido. Aos quinze roubei um carro. Não me pegaram (mas agora sei que era só dar um pouco mais de tempo aos tiras) porque poucos dias depois ocorreu o golpe de Estado e minha família inteira se exilou na embaixada da União Soviética. Nem te conto como foram os dias que passei na embaixada. Horríveis. Eu dormia no corredor e tentava paquerar a filha de um companheiro do meu pai, mas aquela gente passava o dia todo cantando a *Internacional* ou o *No pasarán*. Enfim, um ambiente deplorável, como de festa de crente.

Nos primeiros meses de 1974 chegamos a Moscou. Eu, para ser sincero, estava feliz, uma cidade nova, as russinhas louras de olhos azuis, a viagem de avião, a Europa, uma nova cultura. A realidade foi bem diferente. Moscou se parecia com Santiago, porém mais tranquila, maior e com um inverno do cão. No começo me puseram numa escola em que se falava metade castelhano, metade russo. Ao fim de dois anos, eu já frequentava uma escola comum, falava um russo passável e me chateava como quê. Entrei na universidade graças aos pistolões, suponho, porque a verdade é que eu estudava pouco. No primeiro ano me matriculei em medicina, fiz um semestre e abandonei o curso, medicina não era comigo. Apesar disso, guardo daqueles dias na faculdade uma boa lembrança: fiz nela meu primeiro amigo, quer dizer o primeiro que não era um chileno exilado como eu. Ele se chamava Jimmy Fodeba e era natural da República Centro-africana, que como o nome indica fica no meio da África. O pai de Jimmy era comunista como meu pai e, como meu pai também, era perseguido. Jimmy era muito inteligente mas no fundo era igual a mim. Quer dizer, gostava de varar a noite farreando, de encher a cara, fumar um baseadinho de vez em quando, gostava de mulher. Não demorou muito éramos unha e carne. O melhor amigo que tive tirando os da patota de Santiago, que ficaram lá e que provavelmente nunca mais vou voltar a ver, mas nunca se sabe, não é? Bem, o caso é que Jimmy e eu somamos nossas forças — e nossos desejos, e também, por que não, nossas necessidades — e a partir de então não fomos mais dois exilados solitários e perdidos, mas dois lobos soltos pelas ruas de Moscou, e onde um não se atrevia, atrevia-se o outro, e assim, pouco a pouco (pouco a pouco porque Jimmy às vezes tinha que estudar, ele sim era bom aluno) fomos fazendo uma ideia geral da cidade na qual provavelmente íamos viver por muito tempo. Não vou me estender sobre nossas aventuras juvenis, só te direi que ao cabo de um ano sabíamos onde encontrar um pouco de erva, algo que aqui e agora não parece nada difícil em Moscou, mas naquele tempo era toda uma odisseia. Por então eu havia tentado estudar literatura latino-americana, literatura russa, técnicas de radiodifusão, técnicas de conservação de alimentos, enfim, tudo, e fosse porque me entediava, fosse porque não prestava atenção nas aulas ou porque simplesmente não assistia a elas, que era basicamente o que de fato ocorria, o caso é que em tudo eu havia fracassado e um belo dia meu pai ameaçou me mandar trabalhar numa fábrica na Sibéria, pobre velho, ele era assim.

E foi esse o motivo pelo qual entrei na escola de educação física, que alguns russos otimistas chamavam de Escola Superior de Educação Física, e desta vez aguentei firme até tirar o diploma. Sim, companheiro, este que você está vendo aqui é professor de ginástica. Dos ruins, é claro, sobretudo se me comparo com alguns russos, mas professor de ginástica mesmo assim. Quando mostrei o diploma a meu pai, rolaram no rosto do velho lágrimas de emoção. Acho que foi aí que acabou minha adolescência.

Naquela época eu me fazia chamar Roger Strada. Sempre andava metido em problemas, minhas amizades não eram o que se costuma chamar de gente boa e eu mesmo era mau pra caramba, como se estivesse cheio de rancor e não soubesse como me livrar dele. Trabalhava como ajudante de um treinador esportivo, um tipo de uma categoria moral surpreendente e paradoxal (tal como me convinha) que se dedicava a procurar novos atletas nas escolas, e a maior parte do tempo eu passava em festas, tramoias, negócios obscuros, que me permitiam arredondar o salário. Meu chefe se chamava Pultakov. Era divorciado e morava num apartamentinho minúsculo da rua Leliushenko, na altura da praça Rogachev. Como já te disse, eu era mau pra caramba e Jimmy Fodeba também era mau e os que nos conheciam bem sabiam que éramos maus (creio que me chamei Roger, pelo menos no começo, por uma simples ânsia de simetria com Jimmy e porque no fundo eu me sentia uma espécie de gângster neoitaliano), mas Pultakov era mau de verdade e com o tempo e o convívio diário comecei a aprender com ele todos os macetes, todas as depravações, todos os vícios. Meu pai morava numa Moscou de papéis e memorandos, Moscou dos burocratas com ordens, contraordens, temas do dia, rixas internas, ódios internos, uma Moscou ideal. Eu vivia numa Moscou de drogas e prostituição, mercado negro e alegria, ameaças e crimes. As duas Moscou costumavam ombrear, às vezes, em certas esferas, até se confundiam, mas via de regra eram duas cidades distintas que se ignoravam mutuamente. Com Pultakov eu me iniciei no mundo das apostas esportivas. Apostávamos com dinheiro alheio, claro, mas também com dinheiro nosso. Futebol, hóquei, basquete, boxe, até mesmo campeonatos de esqui, esporte em que nunca vi graça nenhuma, mexíamos com tudo. E conheci gente. Gente de toda classe. Em geral, tipos simpáticos, delinquentes de pouca monta, como eu mesmo, mas às vezes conheci criminosos de verdade, tipos dispostos a tudo ou tipos que *em algum momento* estariam dispostos a tudo. Por instinto de sobrevivência, não procurava intimidade com essa gente. Ralé de presídio ou de esgoto. Gente que conseguia atemorizar Pultakov e que a Jimmy e a mim causava pavor. Salvo um, que tinha nossa idade e que não sei por que foi com minha cara. Esse tipo se chamava Misha Semiónovitch Pavlov e era uma espécie de mago do submundo moscovita. Pultakov e eu fornecíamos informações esportivas a ele e de vez em quando o tal Misha Pavlov nos convidava à sua casa, sempre uma diferente, todas mais pobres que as de Pultakov ou que a minha, geralmente nas zonas operárias do subúrbio noroeste de Moscou, nos antigos bairros de Poluboiárov, Victoria, Mercado Velho. Pultakov não gostava dele (bem, Pultakov não gostava de quase ninguém) e procurava manter o menor contato possível com Pavlov, mas eu sempre fui um ingênuo e sua auréola de menino prodígio do submundo, mais as deferências que costumava ter comigo, às vezes me dava um frango ou uma garrafa de vodca ou um par de sapatos, terminaram por me conquistar e eu me entreguei a ele de corpo e alma, como se costuma dizer.

E assim foram se passando os anos, minha família voltou ao Chile salvo minha irmã mais moça, que se casou com um russo, meu pai morreu em Santiago e teve um enterro muito bonito de acordo com o que me escreveram, Jimmy Fodeba continuou vivendo em Moscou e trabalhando num hospital (seu pai voltou para a República Centro-africana, onde o mataram), e Pultakov e eu continuamos nos movimentando juntos como dois ratos pelos ginásios e instalações esportivas. Chegou a democracia (mas a mim a política sempre deixou indiferente), a União Soviética acabou, chegou a liberdade, chegaram as máfias. Moscou se transformou numa cidade bonita e alegre, com essa alegria feroz tão própria dos russos. Mas para compreender isso é preciso conhecer a alma eslava e você, com todos os livros que leu, parece que não a conhece. De repente tudo ficou grande demais para nós. Pultakov, que no fundo era stalinista (coisa que nunca entenderei, porque com Stálin certamente teria acabado na Sibéria), sentia saudade dos velhos tempos. Eu, pelo contrário, me amoldei à nova situação e decidi economizar dinheiro, agora que era possível, para cair fora de lá de uma vez por todas e começar a conhecer o mundo, Europa, África que, apesar da minha idade, já tinha mais de trinta e estava, como se diz, bem grandinho, eu imaginava como sendo o reino da aventura, uma fronteira sem limites, um novo conto infantil onde eu poderia começar de novo, ser feliz, encontrar a mim mesmo, como dizíamos nós, guris de Santiago de 1973. Foi assim que, quase sem me dar conta, virei empregado fixo de Misha Pavlov. Este, é claro, tinha se tornado poderoso e rico. Naquela época apelidavam-no de Billy the Kid. Não me pergunte por quê. Billy the Kid era rápido no gatilho, Misha não sacava com rapidez nem mesmo seu cartão de crédito; Billy the Kid era corajoso e, pelos filmes que vi, ágil e magro, Misha também era corajoso, mas gordo feito um buda (até para os critérios russos) e incapaz do menor exercício físico. Continuei como corretor de apostas, mas logo comecei a fazer outros tipos de trabalho para ele. Às vezes me mandava ver um jogador que eu conhecia com um maço de notas para perder a partida. Em certa ocasião cheguei a subornar meio time de futebol, um a um, lisonjeando os mais sensíveis e ameaçando veladamente os mais relutantes. Outras vezes me encarregava de convencer outros apostadores a se retirarem do jogo ou a não fazerem marola. Mas a maior parte do tempo meu trabalho consistia em fornecer relatórios sobre esportistas, um atrás do outro, aparentemente sem nenhum sentido, que o informático Pavlov punha incansavelmente no seu computador.

No entanto ainda havia outra coisa que eu fazia. Quase todas as amantes dos gângsteres moscovitas eram vedetes de cabaré, atrizes ou aspirantes a atrizes, moças que se dedicavam ao striptease. Era normal, sempre foi assim. Mas Pavlov gostava era das atletas, as que se dedicavam ao salto em distância, as corredoras de curta e média distância, as do salto triplo, de vez em quando gamava por alguma lançadora de dardo, mas acima de tudo o que preferia eram as atletas do salto em altura. Dizia que eram como gazelas, as mulheres perfeitas, e não lhe faltava razão. E eu as conseguia. Ia aos campos de treinamento e arrumava encontros. Algumas ficavam encantadas com a possibilidade de passar um fim de semana com Misha Pavlov, coitadinhas, outras, a maioria, não. Mas eu sempre conseguia as mulheres que ele queria nem que para isso tivesse que gastar dinheiro do meu próprio bolso ou recorrer às ameaças. E foi assim que uma tarde ele me disse que estava a fim de Natália Mikhailovna Tchuikova, uma atleta de dezoito anos, da região de Volgogrado, que acabava de chegar a Moscou e que tinha esperanças de entrar na equipe olímpica. Não sei o que foi que me chamou a atenção, mas desde o primeiro momento eu me dei conta de que Pavlov falava de Tchuikova de uma maneira diferente. Quando me deu a ordem de trazê-la estava acompanhado por dois de seus comparsas e estes, depois que o chefe falou, piscaram os olhos para mim como que dizendo: Roger Strada, obedeça ao pé da letra o que lhe foi ordenado, porque Billy the Kid desta vez fala sério.

Dois dias depois consegui falar com Natália Tchuikova. Foi na pista coberta de Spartanovka, no bulevar do Esporte, às nove da manhã, que não era certamente minha hora de levantar mas que era a única hora em que podia encontrar ali a saltadora. Primeiro eu a vi de longe: estava a ponto de iniciar a corrida para saltar a barra e se concentrava apertando os punhos e olhando para cima, como se rezasse ou como se procurasse um anjo. Depois me aproximei e disse a ela quem eu era. Roger Strada?, disse ela, isso quer dizer que você é italiano. Não me atrevi a desenganá-la totalmente: disse a ela que era chileno e que no Chile viviam muitos italianos. Ela media um metro e setenta e oito e não devia pesar cinquenta e cinco quilos. Tinha cabelos compridos e castanhos que prendia num rabo de cavalo simples, mas no qual se concentrava toda a graça do mundo. Seus olhos eram quase totalmente negros e tinha, juro, as pernas mais compridas e mais bonitas que vi na minha vida.

Não fui capaz de lhe contar o motivo da minha visita. Convidei-a a tomar uma pepsi-cola, disse que gostava da sua técnica e depois fui embora. Naquela noite eu não sabia o que ia dizer a Pavlov, que mentira ia contar. Finalmente optei pelo mais simples. Disse que Natália Tchuikova era uma mulher que requeria tempo, um espécime diferente dos que ele conhecia. Misha olhou para mim com aquela cara que tinha de foca e de menino safado e disse que estava bem, que me dava três dias de prazo. Quando Misha dizia que te dava três dias de prazo você tinha que resolver o assunto em três dias, nem um a mais. Fiquei então matutando algumas horas, me perguntando a que se devia minha atitude, o que me freava, até que decidi resolver o problema o mais depressa possível. No dia seguinte, bem cedo, tornei a ver Natália. Fui um dos primeiros a chegar na pista. Estive um tempão observando os atletas que iam e vinham, todos meio adormecidos como eu, conversando ou discutindo embora suas vozes apenas me chegassem como um murmúrio, vozes em surdina que nada queriam dizer ou gritos em russo que de repente eu já não compreendia, como se houvesse esquecido o idioma, até que em meio à gente apareceu Natália e pôs-se a fazer exercícios de aquecimento. Seu treinador tomava notas num caderninho. Outras duas saltadoras falavam com ela. Às vezes riam. Outras vezes, depois de saltar, sentavam no chão e enfiavam uns abrigos azuis e vermelhos que não demoravam a tirar. Às vezes bebiam água. Depois de meia hora de felicidade me dei conta de que estava apaixonado. Era a primeira vez que isso me acontecia. Antes eu havia gostado de uma ou duas putas. Havia sido injusto ou justo, pouco importava. Agora estava apaixonado. Falei com ela. Expliquei a história de Misha Pavlov, quem era, o que queria. Natália se escandalizou, depois achou divertido. Aceitou vê-lo, apesar de meus conselhos contrários. Marquei o encontro para o mais tarde que pude. Nesse ínterim, convidei-a a ir ao cinema ver um filme de Bruce Willis, que era um dos seus atores favoritos, e a jantar num bom restaurante. Conversamos longamente. Sua vida, à qual não faltaram durezas e desenganos, havia sido um exemplo de perseverança e vontade, o exato contrário da minha. Seus gostos eram simples, não aspirava a ter dinheiro mas a ser feliz. Em matéria sexual, que era o que me interessava saber dela, tinha ideias largas. A princípio isso me entristeceu, pensei que Natália já estivesse no papo de Pavlov, imaginei-a passando pela cama de todos os seus guarda-costas, a perspectiva me pareceu insuportável. Mas depois compreendi que Natália falava de uma sexualidade que eu simplesmente não entendia (e que continuo sem entender), o que não a empurrava necessariamente para os braços de todo o bando. Também compreendi que, apesar de tudo, eu devia protegê-la.

Uma semana depois Pavlov me enviou como seu mensageiro à pista coberta com um grande buquê de cravos brancos e vermelhos que devem ter lhe custado os olhos da cara. Natália guardou as flores e pediu que a esperasse. Passamos o dia todo juntos, primeiro no centro (onde comprei para ela dois romances de Bulgákov, seu autor preferido, num livreiro ambulante da rua Stáraia Basmánnaia) e depois no quartinho onde ela vivia. Perguntei a ela como tinha sido. Sua resposta, juro, me deixou gelado. Ela disse que as flores explicavam tudo. Que poder de concreção, amigo, que frieza, ela era russa e eu chileno, senti como se o precipício se abrisse a meus pés e ali mesmo desatei a chorar como um bezerro desmamado. Muitas vezes pensei naquela tarde de pranto que mudou minha vida. Não acho explicação, só sei que me senti como uma criança e que senti, pela primeira vez, todo o frio de Moscou e que também pela primeira vez esse frio me pareceu insuportável. Naquela mesma tarde fizemos amor.

A partir de então eu estava nas mãos de Natália e ela estava nas mãos de Misha Pavlov. A situação em si não parecia ter mais mistérios, mas conhecendo Pavlov eu sabia que arriscava minha pele indo para a cama com Natália. Além do mais, com o passar dos dias, a certeza de que Natália ia para a cama com ele — e aliás eu sabia com exatidão quando o fazia, a que horas — foi azedando meu caráter, mergulhando-me em depressões e contribuindo para que eu começasse a ver as coisas da minha vida (e as coisas da vida em geral) de uma maneira fatalista. Gostaria de ter tido então um amigo com o qual pudesse falar e desabafar. Mas com Pultakov era impensável e Jimmy Fodeba estava sempre muito ocupado e já não costumávamos nos ver com a assiduidade de antes. Não tive outro remédio senão aguentar e esperar.

Assim transcorreu um ano.

Com Pavlov a vida era curiosa; sua própria vida estava dividida em pelo menos três partes e eu tive a honra ou a desgraça de conhecer todas elas: a do Pavlov homem de negócios permanentemente cercado por seus guarda-costas e que exalava um fedor de dinheiro e de sangue que irritava os sentidos, a do Pavlov apaixonado ou *lachero*, como dizíamos em Santiago, e que despertava particularmente em mim o pior lado da minha imaginação e me fazia sofrer, e a do Pavlov do círculo íntimo, o Pavlov de espírito inquieto, ocupado ou com vontade de ocupar seu ócio, seus "momentos de íntimo repouso", como ele dizia, em questões relacionadas com a literatura e com as artes, porque Pavlov, custa crer, lia muito e, claro, gostava de falar sobre o que lia. Para tal fim costumava convocar três pessoas que eram, digamos, a facção cultural ou cosmopolita da sua quadrilha. O romancista Fiódor Petróvitch Semionov, um italiano de verdade que estudava russo e que tinha uma bolsa na Escola de Idiomas de Moscou, chamado Paolo Ripellino, e eu, que ele sempre apresentava como seu amigo Roger Strada, embora às vezes me tratasse como a um cão. Dois russos e dois italianos, dizia Pavlov com um sorrisinho na boca. Dizia isso para me diminuir diante de Ripellino mas este sempre me tratou com respeito. As reuniões, apesar de tudo, eram divertidas, mas às vezes recebíamos uma chamada telefônica à meia-noite e tínhamos que correr imediatamente para uma das muitas casas que Pavlov possuía em toda Moscou, em horas em que o corpo só pedia cama, e aguentar as disquisições do nosso chefe. Os gostos de Pavlov eram ecléticos, como se costuma dizer, não é? Eu, com franqueza, só li Bulgákov e o li por amor a Natália, do resto não tenho a menor ideia, não sou homem de leituras, dá para notar. Semionov escrevia, se bem entendi, romances pornográficos, e Ripellino tinha um roteiro que queria que Pavlov financiasse, uma história de caratecas e mafiosos. O único ali que entendia de literatura era nosso anfitrião. De modo que Pavlov desandava a falar de Dostoiévski, por exemplo, e nós íamos atrás. No dia seguinte eu ia à biblioteca e procurava dados sobre Dostoiévski, resumos das suas obras e da sua vida, assim tinha algo a dizer na próxima reunião, embora Pavlov quase nunca se repetisse, uma semana falava de Dostoiévski, na seguinte falava de Boris Pilniak, quinze dias depois, de Tchékhov (do qual dizia que era bicha, não sei por quê), depois se metia com Gógol ou com o próprio Semionov cujos romances pornográficos o deixavam nas nuvens. Este era todo um personagem. Devia ter minha idade, talvez um pouco mais, e era um dos protegidos de Pavlov. Uma vez me disseram que ele tinha dado sumiço na mulher. Nem acreditei no boato nem deixei de acreditar. Semionov parecia capaz de tudo, menos de morder a mão de Pavlov. Ripellino era diferente, um bom rapaz, o único que confessava abertamente não ter lido nenhum dos romancistas sobre os quais nosso chefe costumava monologar, mas tinha lido poesia (poesia russa, bem rimada e fácil de lembrar) que às vezes recitava de cor, geralmente quando todos nós já estávamos bêbados. E quem é esse?, perguntava Semionov com uma voz cavernosa. Pushkin, quem mais senão, respondia Ripellino. Então eu aproveitava e desatava a falar de Dostoiévski e Pavlov e Ripellino voltavam a recitar em duo o poema de Pushkin, e Semionov puxava um caderninho e fingia que tomava notas para seu próximo romance. Outras vezes falávamos sobre o espírito eslavo e o espírito latino e, claro, nesse tema Ripellino e eu saíamos perdendo. Quantas coisas Pavlov sabia sobre a alma eslava, você nem imagina, quão profundo e triste ele podia ser então. Geralmente Semionov acabava chorando e Ripellino e eu nos rendíamos logo de saída. Nem sempre estávamos os quatro sozinhos, é claro. Às vezes Pavlov mandava chamar umas putas. Às vezes topávamos com uma ou duas caras desconhecidas, algum diretor de revista marginal, algum ator sem trabalho, algum militar da reserva que conhecesse de verdade as obras completas de Alexei Tolstói. Gente agradável ou desagradável, gente que tinha negócios com Pavlov ou que esperava receber algum favor dele. As noitadas às vezes terminavam bem, até. Outras vezes acabavam francamente mal. Nunca vou entender a alma eslava. Uma vez Pavlov mostrou aos convidados umas fotos do que chamava de sua "seleção feminina de salto em altura". A princípio eu não quis vê-las, mas me chamaram e tive que ir. Eram as quatro ou cinco garotas que eu tinha arranjado para ele. Entre elas estava Natália Tchuikova. Eu me senti mal e creio que Pavlov percebeu e me abraçou com seus enormes braços e começou a cantar no meu ouvido uma canção de bêbado que falava da morte e do amor, as únicas coisas verdadeiras da vida. Eu me lembro que ri ou procurei rir da brincadeira de Pavlov, como sempre fazia, mas o riso mal saiu. Mais tarde, enquanto os outros curavam o porre ou tinham ido embora, fiquei um instante sentado à janela vendo as fotos com calma. Veja como são as coisas: tudo me pareceu bem, então, tudo me pareceu conforme (como dizia meu pai), respirando com força, tranquilo, livre. E também pensei que a alma eslava não se diferenciava tanto assim da alma latina, eram, resumindo, a mesma coisa, tanto como a alma africana que presumivelmente iluminava as noites do meu amigo Jimmy Fodeba. A alma eslava talvez aguentasse muito mais álcool, mas era só.

E assim passou-se o tempo.

Excluíram Natália da equipe olímpica porque ela nunca conseguiu saltar na altura requerida. Participou de provas nacionais e não ficou entre as primeiras. Nem pensar em bater um recorde. Sua carreira, embora ela resistisse a admiti-lo, estava encerrada e às vezes falávamos do futuro com medo e nervosismo. Sua relação com Pavlov tinha altos e baixos; havia dias em que ele parecia gostar dela mais do que ninguém neste mundo e outros em que a tratava mal. Uma noite eu a encontrei com a cara toda machucada. Ela me disse que tinha sido no treino, mas soube que fora Pavlov. Às vezes conversávamos até tarde da noite sobre viagens e países estrangeiros. Eu contava coisas do Chile, um Chile inventado por mim, suponho, que ela achava muito parecido com a Rússia e não a entusiasmava, mas despertava sua curiosidade. Uma vez viajou com Pavlov à Itália e Espanha. Não me convidaram para a despedida, porém fui um dos que compareceram ao aeroporto quando eles voltaram. Natália estava muito queimada e muito bonita. Eu lhe dei um buquê de rosas brancas que na noite anterior Pavlov, da Espanha, tinha me mandado comprar para ela. Obrigada, Roger, disse ela. Não há de quê, Natália Mikhailovna, disse eu, em vez de confessar que tudo se devia a uma chamada telefônica de longa distância do nosso chefe comum. Nesse momento ele conversava com uns capangas e não se deu conta da doçura que havia em meus olhos (uns olhos que até minha mãe, que descanse em paz, dizia que pareciam olhos de rato). Mas o caso é que Natália e eu éramos cada vez mais descuidados.

Numa noite de inverno Pavlov telefonou para minha casa. Parecia enfurecido. Mandou que fosse vê-lo de imediato. Eu sabia, de ouvir dizer, que alguns dos seus negócios não iam lá muito bem. Argumentei que a hora e a temperatura não aconselhavam sair à rua, mas Misha se mostrou inflexível: ou você aparece por aqui dentro de meia hora, disse, ou amanhã corto seus colhões. Eu me vesti o mais depressa possível e antes de sair à rua guardei num dos meus bolsos uma faquinha que comprei quando era estudante de medicina. As ruas de Moscou, às quatro da manhã, não são muito seguras, suponho que você saiba. O percurso foi como a continuação do pesadelo que eu tinha quando Pavlov me acordou com seu telefonema. As ruas estavam cobertas de neve, o termômetro devia marcar dez ou quinze graus abaixo de zero e por um bom momento não vi por ali nenhum ser humano, salvo eu. De início, andava dez metros e corria os outros dez para me aquecer. Ao fim de quinze minutos meu corpo se resignou a avançar passo a passo, curvado pelo frio. Em duas ocasiões vi passar carros da polícia e me escondi. Também em duas ocasiões passaram táxis que não quiseram parar. Só encontrei bêbados que me ignoraram e sombras que, ao passar, se escondiam nos imensos saguões da avenida Medvéditza. A casa aonde Pavlov tinha me chamado ficava na rua Neméstkaya; normalmente, a pé, se demorava entre trinta e trinta e cinco minutos para chegar; naquela noite infernal levei quase uma hora e quando cheguei estava com os quatro dedos do pé esquerdo congelados.

Pavlov me esperava sentado à lareira, lendo e bebendo conhaque. Antes que eu pudesse dizer alguma coisa soltou o punho no meu nariz. Quase não senti a pancada, mas mesmo assim me deixei cair no chão. Não suje o tapete, ouvi-o dizer. Ato contínuo chutou minhas costelas umas cinco vezes, mas como usava chinelo também não senti muita dor. Depois sentou, pegou o livro e o copo e pareceu se acalmar. Eu me levantei, fui ao banheiro limpar o sangue que escorria do meu nariz e voltei para a sala. O que está lendo?, perguntei. Bulgákov, disse Pavlov. Você conhece, não é? Ah, Bulgákov, disse eu sentindo um nó no estômago. Se disser alguma coisa de Natália, pensei, eu o mato, e enfiei a mão no bolso do sobretudo tateando em busca da minha faquinha. Gosto de gente sincera, disse Pavlov, de gente honrada, de gente que não se presta a dubiedades, quando confio num ser humano quero confiar até as últimas consequências. Estou com um pé congelado, disse a ele, devia dar um pulo no hospital. Pavlov não me ouviu, de modo que resolvi parar com as queixas, além do mais não era para tanto, já podia até mexer os dedos. Por um instante nós dois permanecemos em silêncio: Pavlov olhando para o livro de Bulgákov (*Os ovos milagrosos*, acho que era) e eu contemplando as chamas da lareira. Natália me disse que você tem se encontrado com ela, disse Pavlov. Não disse nada, mas fiz que sim com a cabeça. Você vai para a cama com essa puta? Não, menti. Outro silêncio. De repente me ocorreu que Pavlov tinha matado Natália e que naquela noite ia me matar. Não medi as consequências do que fazia. Dei um pulo e cortei-lhe o pescoço. Passei a meia hora seguinte apagando meus vestígios. Depois fui para casa e enchi a cara.

Uma semana depois a polícia me deteve na delegacia de Ilininkov, onde me interrogaram durante uma hora. Puro formalismo. Meu novo chefe se chamava Ígor Borísovitch Protopopov, vulgo Sardinha. Não lhe interessavam as atletas, mas me manteve em meu trabalho de apostador e de arranjador de partidas. Servi a ele por seis meses e depois deixei a Rússia. E Natália?, você perguntará. Vi Natália no dia seguinte a que matei Pavlov, muito cedo, nas instalações esportivas onde treinava. Não gostou da cara que eu tinha. Disse que eu parecia morto. No tom da sua voz percebi um matiz de desprezo, mas também de familiaridade, e até de carinho. Ri e disse que na noite anterior tinha bebido muito, só isso. Depois fui ao hospital onde Jimmy Fodeba trabalhava para que ele desse uma olhada em meus dedos congelados. O caso não revestia muita importância, mas subornando uns tantos conseguimos que me hospitalizassem por três dias; depois Jimmy alterou os documentos de internação, e graças a isso quando mataram Pavlov eu estava deitado na cama, com uma febrinha e para lá de contente.

Seis meses depois, como te disse, fui embora da Rússia. Natália veio comigo. No começo, vivíamos em Paris e até falamos em nos casar. Nunca na minha vida fui tão feliz. Tanto que agora chego a ter vergonha de me lembrar. Depois passamos uma temporada em Frankfurt e em Stuttgart, onde Natália tinha amigos e esperança de encontrar um bom trabalho. Os amigos acabaram se revelando não tão bons e trabalho ela não encontrou, apesar de ter tentado inclusive o de cozinheira num restaurante russo. Mas não servia para a cozinha. Da morte de Pavlov raras vezes falamos. Natália, ao contrário da opinião da polícia, tinha a ideia de que seus próprios homens o mataram, o Sardinha, para ser mais preciso, apesar de eu dizer que certamente tinha sido uma quadrilha rival. Ela se lembrava de Pavlov, veja como são as coisas, como um cavalheiro e sempre exaltava sua generosidade. Eu a deixava falar e ria por dentro. Uma vez perguntei se era parente do general Tchuikov, o homem que defendeu Stalingrado, a atual Volgogrado. Que ideias você tem, Roger, respondeu, claro que não. Quando fazia um ano que vivíamos juntos me abandonou por um alemão, um tal de Kurt não sei das quantas. Disse que estava apaixonada e chorou de pena por mim ou de alegria por ela, não sei. Vá embora logo, mulher ingrata, disse a ela em castelhano. Ela caiu na risada, como sempre que eu falava no meu idioma. Eu também ri. Tomamos uma garrafa de vodca juntos e nos despedimos. Depois, quando vi que não tinha mais nada a fazer naquela cidade alemã, vim para Barcelona. Aqui trabalho como professor de ginástica num colégio particular. As coisas não correm mal para mim, transo com putas e frequento bares onde tenho minha turma, minha tertúlia, como dizem por aqui. Mas de noite, principalmente de noite, sinto saudade da Rússia e sinto saudade de Moscou. Aqui não é nada mal, mas não é a mesma coisa, se bem que se você me pedisse maior precisão não saberia te dizer de que sinto falta. A alegria de estar vivo? Não sei. Um dia destes vou tomar um avião e voltar para o Chile.

Outro conto russo

Para Anselmo Sanjuán

Em certa ocasião, depois de conversar com um amigo acerca da identidade singular da arte, Amalfitano lhe contou uma história que por sua vez tinham lhe contado em Barcelona. A história era sobre um *sorche**da Divisão Azul espanhola que combateu na Segunda Guerra Mundial, na frente russa, precisamente no Grupo de Exércitos do Norte, numa zona próxima de Novgorod.

O *sorche* era um sevilhano baixote, magro como um palito e de olhos azuis que, por essas coisas da vida (não era um Dionisio Ridruejo nem mesmo um Tomás Salvador, e quando tinha que cumprimentar à romana, cumprimentava, mas também não era propriamente um fascista ou falangista), foi parar na Rússia. Lá, sem que se soubesse quem começou, alguém disse ao *sorche* venha aqui ou *sorche* faça isto ou aquilo, e ficou na cabeça do sevilhano a palavra *sorche*, mas na parte escura da cabeça, e com

---

* Soldado raso, recruta. (N. T.)

o passar do tempo, naquele lugar tão grande e desolador e os sustos diários, se transformou na palavra chantre. Não sei como aconteceu, suponhamos que tenha sido ativado um mecanismo infantil, uma recordação feliz que esperava sua oportunidade para voltar. De modo que o andaluz pensava sobre si mesmo nos termos e obrigações de um chantre, embora conscientemente não tivesse a menor ideia do significado dessa palavra que designa o encarregado do coro em algumas catedrais. Mas de alguma maneira, e isso é notável, à força de se imaginar chantre se transformou em chantre. Durante o terrível Natal de 1941 ele se encarregou do coro que cantava *villancicos* enquanto os russos massacravam os homens do Regimento 250. Em sua memória aqueles dias estão cheios de barulho (barulhos secos, constantes) e de uma alegria subterrânea e um pouco fora de foco. Cantavam, mas era como se as vozes chegassem depois ou até antes, e os lábios, as gargantas, os olhos dos cantores muitas vezes se esgueiravam por uma espécie de fissura de silêncio, numa viagem brevíssima mas igualmente estranha.

Quanto ao mais, o sevilhano se comportou como um valente, com resignação, embora seu humor tenha ido se azedando com o passar do tempo.

Não demorou a experimentar sua cota de sangue. Uma tarde, num momento de descuido, foi ferido e permaneceu duas semanas internado no hospital militar de Riga, aos cuidados de robustas e sorridentes enfermeiras do Reich incrédulas ante a cor de seus olhos e de algumas feíssimas enfermeiras espanholas voluntárias, provavelmente irmãs, cunhadas ou primas distantes de José Antonio.

Quando lhe deram alta aconteceu algo que, para o sevilhano, teria graves consequências: em vez de receber um bilhete com o destino correto, deram-lhe outro que o levou aos quartéis de um batalhão das ss destacado a uns trezentos quilômetros do seu regimento. Ali, rodeado por alemães, austríacos, letões, lituanos, dinamarqueses, noruegueses e suecos, todos muito mais altos e fortes que ele, tentou desfazer o equívoco utilizando um alemão rudimentar, mas os ss não lhe deram bola e enquanto esclareciam o caso puseram-lhe uma vassoura na mão e mandaram-no varrer o quartel, e, com um balde d'água e um pano de chão, lavar a comprida e enorme instalação de madeira onde retinham, interrogavam e torturavam toda classe de prisioneiros.

Sem se resignar de todo, mas cumprindo conscientemente com sua nova tarefa, o sevilhano viu passar o tempo em seu novo quartel, comendo muito melhor que antes e sem se expor a novos perigos, já que o batalhão das ss estava posicionado na retaguarda, em luta contra aqueles a quem chamavam bandidos. Então, no lado escuro da sua cabeça voltou a se tornar legível a palavra *sorche*. Sou um *sorche*, disse consigo, um recruta bisonho, e devo aceitar meu destino. A palavra chantre pouco a pouco desapareceu, embora algumas tardes, sob um céu sem limites que o enchia de saudades sevilhanas, ainda ecoasse por ali, perdida sabe-se lá onde. Uma vez ouviu uns soldados alemães cantando e se lembrou dela, ouviu cantar de novo um menino detrás de umas moitas e voltou a recordá-la, desta vez de forma mais precisa, mas quando contornou os arbustos o menino não estava mais lá.

Um bom dia aconteceu o que tinha que acontecer. O quartel do batalhão das ss foi atacado e tomado por um regimento de cavalaria russo, segundo uns, por um grupo de guerrilheiros, segundo outros. O combate foi curto e logo pendeu a desfavor dos alemães. Ao cabo de uma hora os russos encontraram o sevilhano escondido no edifício comprido, vestindo o uniforme de auxiliar das ss e rodeado pelas não tão pretéritas infâmias ali cometidas. Como se diz, com a mão na massa. Não demorou a ser amarrado numa das cadeiras que os ss usavam nos interrogatórios, essas cadeiras com correias nas pernas e no encosto, e a tudo o que os russos perguntavam ele respondia em espanhol que não entendia e que ali só cumpria ordens. Também tentou dizer em alemão, mas nessa língua só conhecia quatro palavras e os russos nenhuma. Estes, depois de uma rápida sessão de tapas e pontapés, foram buscar um que sabia alemão e que interrogava prisioneiros em outra cela do edifício comprido. Antes de eles voltarem o sevilhano ouviu disparos, soube que estavam matando alguns ss e perdeu as esperanças que ainda tinha de escapar são e salvo; apesar disso, quando os disparos cessaram voltou a se aferrar à vida com todo o seu ser. O que sabia alemão perguntou o que ele fazia ali, qual era sua função e sua patente. O sevilhano, em alemão, tentou explicar, mas em vão. Os russos então abriram sua boca e com as tenazes que os alemães destinavam a outras partes da anatomia humana começaram a puxar e apertar sua língua. A dor que sentiu o fez lacrimejar e disse, ou antes gritou, a palavra *coño*. Com as tenazes dentro da boca o xingamento espanhol se transformou e saiu ao espaço convertido na ululante palavra *kunst*.

O russo que sabia alemão fitou-o espantado. O sevilhano gritava *kunst, kunst*, e chorava de dor. A palavra *kunst*, em alemão, significa arte, e o soldado bilíngue assim a entendeu e disse que aquele filho da puta era artista ou algo parecido. Os que torturavam o sevilhano retiraram a tenaz com um pedacinho de língua e esperaram, momentaneamente hipnotizados pela descoberta. A palavra arte. O que amansa as feras. E assim, como feras amansadas, os russos deram um tempo e esperaram algum sinal enquanto o *sorche* sangrava pela boca e engolia seu sangue misturado com grandes doses de saliva e engasgava. A palavra *coño*, metamorfoseada na palavra arte, tinha lhe salvado a vida.

Quando saiu do edifício comprido o sol estava se escondendo, mas feriu seus olhos como se fosse meio-dia.

Levaram-no com o escasso resto de prisioneiros e pouco depois outro russo que sabia espanhol pôde ouvir sua história e o sevilhano foi parar num campo de prisioneiros na Sibéria, enquanto seus acidentais companheiros de iniquidades eram passados pelas armas. Permaneceu na Sibéria até já bem avançada a década de 1950. Em 1957 instalou-se em Barcelona. Às vezes abria a boca e contava suas pequenas batalhas com muito bom humor. Outras abria a boca e mostrava a quem quisesse ver o pedaço de língua que lhe faltava. Mal era perceptível. O sevilhano, quando lhe diziam isso, explicava que a língua, com os anos, havia crescido. Amalfitano não o conheceu pessoalmente, mas quando lhe contaram a história o sevilhano ainda morava num quarto de porteiro em Barcelona.

William Burns

William Burns, de Ventura, no sul da Califórnia, contou esta história ao meu amigo Pancho Monge, policial de Santa Teresa, Sonora, que por sua vez a contou a mim. De acordo com Monge, o norte-americano era um sujeito tranquilo, que nunca perdia a calma, afirmação que parece se contradizer com o desenvolvimento do seguinte relato. Fala Burns:

Era uma época triste da minha vida. O trabalho passava por um mau momento. Eu me entediava soberanamente, eu, que nunca me entediava antes. Saía com duas mulheres. Disso sim eu me lembro com clareza. Uma era, digamos, já veterana, da minha idade, e a outra quase uma menina. Mas às vezes pareciam duas velhas doentes e cheias de rancor, às vezes pareciam duas meninas que só gostavam de brincar. A diferença de idade não era tão grande para que eu as confundisse com mãe e filha, mas quase. Enfim, são coisas que um homem pode somente supor, nunca se sabe. O caso é que essas mulheres tinham dois cachorros, um grande e outro pequeno. E eu nunca soube qual cachorro era de qual mulher. Naqueles dias dividiam uma casa nos arredores de um vilarejo de montanha, um lugar para veranistas. Quando comentei com alguém, um amigo ou um conhecido, que eu ia passar uma temporada ali, ele me recomendou que levasse minha vara de pescar. Mas eu não tenho vara de pescar. Outro me falou de armazéns e de cabanas, uma vida de sonho, um descanso para a mente. Mas eu não saí de férias com elas, estava ali para cuidar delas. Por que me pediram que cuidasse delas? Pelo que disseram, havia um tipo que queria lhes fazer uma ruindade. Elas o chamavam de assassino. Quando perguntei a elas o motivo, não souberam responder ou talvez tenham preferido que eu não soubesse nada a respeito. De sorte que fiz uma ideia do caso. Elas tinham medo, acreditavam que estavam em perigo, tudo provavelmente era um falso alarme. Mas quem sou eu para desmentir os outros, menos quando se trata do meu trabalho, e pensei que ao fim de uma semana elas chegariam sozinhas a essa conclusão. Assim sendo, fui com elas e com seus cachorros para a montanha e nos instalamos numa casinha de madeira e de pedra cheia de janelas, provavelmente a casa com mais janelas que vi na minha vida, todas de diferentes tamanhos, distribuídas de forma arbitrária. Vista de fora, a julgar pelas janelas, a casa parecia ter três andares quando na realidade eram só dois. De dentro, sobretudo da sala e de alguns cômodos do primeiro andar, a sensação que produzia era de enjoo, de exaltação, de loucura. No quarto que me destinaram só havia duas, e não muito grandes, mas uma em cima da outra, a superior até quase bater no teto, a de baixo a menos de quarenta centímetros do chão. A vida, no entanto, era agradável. A mulher mais velha escrevia todas as manhãs, mas não trancada, como dizem que é costumeiro entre os escritores, e sim na mesa da sala, na qual punha seu computador portátil. A mulher mais moça se dedicava à jardinagem, a brincar com os cachorros e a conversar comigo. Geralmente era eu quem preparava a comida e, apesar de não ser um cozinheiro excelente, elas elogiavam os pratos que eu lhes servia. Eu teria podido viver assim pelo resto da vida. Um dia, porém, os cachorros se perderam e saí à procura deles. Lembro ter percorrido, armado apenas com uma lanterna, um bosque que ficava perto, e que espiei nos jardins de casas desabitadas. Não os encontrei em lugar nenhum. Quando voltei para casa as mulheres olharam para mim como se eu fosse responsável pelo desaparecimento dos cachorros. Disseram então um nome, o nome do assassino. Foram elas que o chamaram assim desde o início. Não acreditei nelas, mas ouvi tudo o que tinham a me dizer. As mulheres falaram de amores escolares, problemas econômicos, rancor acumulado. Não entrava na minha cabeça como puderam se relacionar na escola com um mesmo homem, dada a diferença de idade que existia entre elas. Entretanto, não quiseram me dizer mais nada. Naquela noite, apesar das recriminações, uma delas veio ao meu quarto. Não acendeu a luz, eu estava meio adormecido, no fim não soube quem era. Quando acordei, com as primeiras luzes da manhã, estava sozinho. Naquele dia decidi ir ao vilarejo visitar o homem que elas temiam. Pedi o endereço a elas, disse que se trancassem em casa e que não saíssem de lá até eu voltar. Desci na perua da mais velha. Pouco antes de entrar no vilarejo, nos terrenos baldios de uma antiga fábrica de conservas, vi os cachorros e chamei-os. Eles se aproximaram com expressão humilde e sacudindo o rabo. Enfiei-os na perua e, rindo dos temores que havia experimentado na noite anterior, dei uma volta pelo vilarejo. Inevitavelmente, aproximei-me do endereço que as mulheres deram. Digamos que o tipo se chamava Bedloe. Tinha um armazém no centro, um armazém para turistas onde vendia desde varas de pescar até camisa xadrez e chocolate. Fiquei um instante dando uma espiada nas estantes. O homem parecia um ator de cinema, não devia ter mais de trinta e cinco anos, forte, cabelos negros, e lia o jornal no balcão. Vestia calça de brim e camiseta. O armazém era sem dúvida um bom negócio, está numa rua central pela qual transitam indistintamente carros e bondes. Os preços dos artigos são altos. Fiquei um instante examinando preços e mercadorias. Ao sair, não sei por quê, senti que o pobre coitado estava perdido. Não havia percorrido mais de dez metros quando me dei conta de que seu cachorro me seguia. Até aquele momento não tinha me dado conta da sua presença no armazém, era um cachorro grande, negro, provavelmente uma mistura de pastor alemão e outra raça. Nunca tive cachorro, não sei que diabos os leva a fazer uma coisa ou outra, mas o caso é que o cachorro de Bedloe me seguiu. Claro, tentei que o cachorro voltasse ao armazém, mas ele não me deu bola. Assim sendo, fui andando de volta para a perua, com o cachorro a meu lado, e então senti o assobio. Às minhas costas, o dono do armazém assobiava chamando seu cachorro. Não virei os olhos para trás, mas sei que ele saiu e nos procurou. Minha reação foi automática, irrefletida: tentei que não me visse, que não nos visse. Lembro que me escondi, o cachorro grudado às minhas pernas, atrás de um bonde de cor vermelho escura, como sangue seco. Quando eu me sentia mais protegido, o bonde se pôs em movimento e da outra calçada o dono do armazém me viu e viu o cachorro e me fez sinais com as mãos, algo que podia significar que pegasse o cachorro ou que enforcasse o cachorro ou que não me mexesse dali até ele atravessar a rua. Que foi exatamente o que não fiz, dei-lhe as costas e me perdi entre a multidão, enquanto ele gritava algo como pare, meu cachorro, amigo, meu cachorro. Por que me comportei dessa maneira? Não sei. O caso é que o cachorro do dono do armazém me seguiu docilmente até onde eu havia estacionado a perua, e mal abri a porta, sem me dar tempo de reagir, ele entrou e não houve meio de tirá-lo. Quando me viram chegar com três cachorros as mulheres não disseram nada e puseram-se a brincar com os bichos. O cachorro do dono do armazém parecia conhecê-las desde sempre. Naquela tarde falamos de muitas coisas. Comecei contando a elas tudo o que havia acontecido comigo no vilarejo, depois elas falaram do seu passado, dos seus trabalhos, uma foi professora, a outra cabeleireira, ambas renunciaram a essas ocupações mas de vez em quando, disseram, cuidavam de crianças com problemas. Num momento indeterminado eu me peguei dizendo algo sobre a necessidade de vigiar permanentemente a casa. As mulheres olharam para mim e concordaram com um sorriso. Lamentei ter falado daquela maneira. Depois comemos. Naquela noite não preparei a comida. A conversa foi morrendo até chegar a um silêncio só interrompido por nossas mandíbulas, por nossos dentes, pelas corridas dos cachorros lá fora, em volta da casa. Mais tarde a gente se pôs a beber. Uma das mulheres, não me lembro qual, falou sobre a redondez da Terra, sobre preservação, sobre vozes de médicos. Eu pensava em outras coisas e não prestei atenção. Suponho que se referia aos índios que outrora moravam nas encostas daquelas montanhas. Não pude aguentar mais e me levantei, tirei a mesa e me encerrei na cozinha lavando os pratos, porém mesmo dali continuava a ouvi-las. Quando voltei à sala, a mais moça estava deitada no sofá, meio coberta com uma manta, e a outra falava agora de uma grande cidade, como se elogiasse a vida de uma grande cidade, mas na realidade zombando dela, disso eu soube porque de quando em quando as duas riam. Nunca compreendi o humor daquelas mulheres. Gostava delas, apreciava-as, mas seu senso de humor me soava falso, forçado. A garrafa de uísque que eu mesmo abri depois do jantar estava pela metade. Isso me preocupou, eu não tinha a intenção de tomar um porre, não queria que elas ficassem de porre e me deixassem sozinho. De modo que sentei junto delas e disse-lhes que devíamos solucionar algumas coisas. Que coisas?, perguntaram, fingindo uma surpresa que não sentiam ou talvez um pouco surpresas mesmo. A casa tem muitos pontos fracos, disse a elas. Temos que solucionar isso. Enumere-os, disse uma delas. Está bem, falei, e comecei assinalando sua distância do vilarejo, seu isolamento, mas logo me dei conta de que não me ouviam. Faziam como se me ouvissem, mas não me ouviam. Se eu fosse um cachorro, pensei com rancor, estas mulheres teriam um pouco mais de consideração. Mais tarde, quando compreendi que nós três estávamos insones, falaram de crianças e suas vozes apertaram meu coração. Eu vi horrores, maldades que fariam retroceder gente dura, mas naquela noite, ao ouvi-las, meu coração encolheu até quase desaparecer. Quis entrar na conversa, quis saber se elas se lembravam da infância ou falavam de crianças reais, crianças que ainda são crianças, mas não pude. Estava com a garganta como que cheia de gaze e algodão esterilizado. De repente, em meio à conversa ou ao monólogo a duas vozes, tive um pressentimento e me aproximei disfarçadamente de uma das janelas da sala, uma janela pequena e absurda como um olho-de--boi, num canto, perto demais da janela principal para ter alguma função. Sei que no último segundo as mulheres olharam para mim e se deram conta de que estava acontecendo algo, só deu tempo de lhes fazer sinal de silêncio, o indicador nos lábios antes de abrir a cortina e ver do outro lado a cabeça de Bedloe, a cabeça do assassino. O que aconteceu em seguida foi confuso. E foi confuso porque o pânico é contagioso. O assassino, eu soube disso no ato, pôs-se a correr em torno da casa. As mulheres e eu nos pusemos a correr dentro dela. Dois círculos: ele procurando a entrada, evidentemente uma janela que houvéssemos deixado aberta; as mulheres e eu verificando as portas, fechando as janelas. Sei que não fiz o que devia ter feito: ir até meu quarto, pegar minha arma e depois sair ao pátio e render aquele homem. Em vez disso pensei nos cachorros que não estavam em casa, desejei que não lhes acontecesse nada de mal, a cadela estava prenhe, creio me lembrar disso, não tenho certeza, alguém tinha dito algo nesse sentido. De qualquer modo naquele instante, sem parar de correr, ouvi uma das mulheres dizer: Jesus, a cadela, a cadela, e pensei na telepatia, pensei na felicidade, temi que a que tinha falado, fosse qual fosse, saísse para procurar a cadela. Por sorte, nenhuma das duas fez menção de sair de casa. Ainda bem. Ainda bem, pensei. Justo nesse momento (nunca poderei esquecer) entrei num quarto do térreo que não conhecia. Era comprido e estreito, escuro, iluminado somente pela lua e por uma claridade apagada proveniente das luzes da entrada. E nesse momento soube, com uma certeza parecida com o terror, que era o destino (ou o infortúnio, o que no caso dava na mesma) que me havia levado até ali. No fundo, do outro lado da janela, vi a silhueta do dono do armazém. Agachei-me dominando a duras penas meus tremores (todo o corpo tremia, estava suando em bicas) e esperei. O assassino abriu a janela com uma facilidade que não deixou de me surpreender e se introduziu silenciosamente no cômodo. Este tinha três camas de madeira, estreitas, e suas respectivas mesas de cabeceira. A poucos centímetros das cabeceiras vi três gravuras emolduradas. O assassino parou um instante. Senti-o respirar, o ar entrou em seus pulmões com um ruído saudável. Depois caminhou às apalpadelas, entre a parede e os pés das camas, diretamente para onde eu o aguardava. Tive a certeza de que não tinha me visto, achei impossível, agradeci interiormente minha boa sorte, quando chegou perto de mim agarrei-o pelos pés e o derrubei. Já no chão chutei-o com a intenção de machucá-lo o mais possível. Está aqui, está aqui, gritei, mas as mulheres não me ouviram (nesse momento eu tampouco as ouvia correr) e o quarto desconhecido me pareceu a prefiguração do meu cérebro, a única casa, o único teto. Não sei quanto tempo fiquei ali, batendo no corpo caído, só me lembro que alguém abriu a porta atrás de mim, palavras cujo significado não entendi, uma mão no meu ombro. Depois voltei a ficar sozinho e parei de bater. Por uns instantes não soube o que fazer, sentia-me aturdido e cansado. Por fim reagi e arrastei o corpo para a sala. Ali, sentadas bem juntinhas no sofá, quase abraçadas (mas não estavam abraçadas), dei com as duas mulheres. Não sei por quê, algo na cena evocou para mim uma festa de aniversário. Em seus olhares descobri inquietude, um resquício de medo, mas não pelo que acabava de acontecer, e sim pelo estado em que minhas pancadas deixaram Bedloe. E são seus olhares, precisamente, que me fazem deixar cair o corpo no tapete, que fazem com que o corpo deslize das minhas mãos. O rosto de Bedloe era uma máscara ensanguentada que a luz da sala ressaltava com crueza. No lugar do nariz havia apenas uma massa sanguinolenta. Procurei as batidas do coração. As mulheres olhavam para mim sem fazer o menor movimento. Este homem está morto, falei. Antes de sair à varanda da frente, ouvi uma delas suspirar. Fumei um cigarro contemplando as estrelas, pensando na explicação que daria mais tarde às autoridades do vilarejo. Quando entrei de volta, elas estavam de quatro despindo o cadáver e não pude conter um grito. Nem olharam para mim. Acho que bebi um copo de uísque, depois tornei a sair, acho que levando a garrafa. Não sei quanto tempo permaneci ali, fumando e bebendo, dando às mulheres tempo para terminar seu trabalho. Pouco a pouco comecei a rebobinar os fatos. Lembrei-me do homem que olhava pela janela, lembrei-me do seu olhar e agora reconheci o medo, lembrei-me de quando perdeu seu cachorro, lembrei-me finalmente dele lendo o jornal no fundo do armazém. Lembrei-me também da luz do dia anterior, e da luz do interior do armazém e da luz da varanda vista de dentro do quarto onde eu o havia matado. Depois fiquei observando os cachorros, que também não dormiam e que corriam de um extremo ao outro do pátio. A viga de madeira estava quebrada em algumas partes e alguém, um dia, teria de consertá-la, pensei, mas esse alguém não ia ser eu. Começou a amanhecer do outro lado das montanhas. Os cachorros subiram à varanda buscando um carinho, talvez cansados de tanta correria noturna. Só estavam os dois de sempre. Assobiei, chamando o outro, mas ele não apareceu. Com o primeiro tremor de frio me chegou a revelação. O homem morto não era nenhum assassino. O verdadeiro, oculto em algum lugar distante, ou mais provavelmente a fatalidade, tinha nos enganado. Bedloe não queria matar ninguém. Só procurava seu cachorro. Pobre coitado, pensei. Os cachorros voltaram a se perseguir pelo pátio. Abri a porta e espiei as mulheres, sem força para entrar na sala. O corpo de Bedloe estava vestido outra vez. Até mais bem-vestido que antes. Eu ia lhes dizer alguma coisa, mas me pareceu inútil e voltei à varanda. Uma das mulheres saiu atrás de mim. Agora temos que nos desfazer do cadáver, disse às minhas costas. Sim, disse eu. Mais tarde ajudei a pôr Bedloe na parte de trás da perua. Partimos para as montanhas. A vida não tem sentido, disse a mulher mais velha. Não respondi, cavei um buraco. Ao voltar, enquanto elas tomavam banho, limpei a perua e depois preparei minhas coisas. O que vai fazer agora?, perguntaram, enquanto tomávamos o café da manhã na varanda contemplando as nuvens. Vou voltar para a cidade, disse a elas, vou retomar a investigação exatamente no ponto em que me perdi.

Seis meses depois, Pancho Monge termina sua história, William Burns foi assassinado por desconhecidos.

Detetives

— De que armas você gosta?

— Todas, menos as armas brancas.

— Quer dizer faca, navalha, adaga, *corvo*,* punhal, canivete, coisas assim?

— Sim, mais ou menos.

— Como mais ou menos?

— É uma maneira de falar, seu babacão. Sim, nenhuma delas.

— Tem certeza?

— Sim, tenho certeza.

— Mas como é que não gosta do *corvo*?

— Não gosto e ponto.

— Mas é a arma do Chile.

— O *corvo* é a arma do Chile?

---

* O *corvo* é a faca chilena típica, caracterizada por sua ponta curva, em forma de bico de papagaio. (N. T.)

— As armas brancas em geral.

— Deixe de besteiras, compadre.

— Juro pelo que há de mais sagrado, outro dia li um artigo que afirmava isso. Os chilenos não gostam de armas de fogo, deve ser pelo barulho, nossa natureza é mais para o silencioso.

— Deve ser pelo mar.

— Como pelo mar? De que mar você fala?

— Do Pacífico, claro.

— Ah, do oceano, naturalmente. E o que o oceano Pacífico tem a ver com o silêncio?

— Dizem que abafa os barulhos, os barulhos inúteis, entenda-se. Claro que não sei se é verdade.

— E o que você me diz dos argentinos?

— O que os argentinos têm a ver com o Pacífico?

— Eles têm o oceano Atlântico e são meio barulhentos.

— Mas isso não tem nada a ver.

— Aí você têm razão, não tem nada a ver, mas os argentinos também gostam das armas brancas.

— Precisamente por isso não gosto delas. Mesmo que seja a arma nacional. Os canivetes ainda passam, principalmente os de mil utilidades, mas o resto é como que uma maldição.

— Como assim, compadre, explique-se.

— Não sei explicar, compadre, sinto muito. É assim e ponto final, o que quer que eu faça.

— Estou vendo onde você quer chegar.

— Então diga, porque eu não sei.

— Estou vendo, mas não sei explicar.

— Mas também tem suas vantagens.

— Que vantagens pode ter?

— Imagine uma quadrilha de ladrões armada com fuzis automáticos. É só um exemplo. Ou os cafetões com metralhadoras Uzi.

— Estou vendo onde você quer chegar.

— É ou não é uma vantagem?

— Para nós, cem por cento. Mas a pátria se ressente com isso do mesmo jeito.

— Que se ressente o quê!

— O caráter dos chilenos, a natureza dos chilenos, os sonhos coletivos se ressentem, sim. É como se nos dissessem que não estamos preparados para nada, só para sofrer, não sei se me entende, mas eu, é como se acabasse de ver a luz.

— Entendo, mas não é isso.

— Como não é isso?

— Não é a isso que eu me referia. Não gosto de armas brancas e ponto. Menos filosofia, quero dizer.

— Mas você gostaria que no Chile a gente gostasse de armas de fogo. O que não é a mesma coisa que dizer que no Chile abundem as armas de fogo.

— Não digo que sim nem que não.

— Além do mais, quem não gosta de armas de fogo?

— É verdade, todo mundo gosta.

— Quer que eu explique melhor essa história do silêncio?

— Está bem, desde que não me faça dormir.

— Você não vai dormir, e se dormir paramos o carro e eu pego no volante.

— Então me conte essa história do silêncio.

— Li num artigo do *El Mercurio*...

— E desde quando você lê *El Mercurio*?

— Às vezes deixam na delegacia e os plantões são longos. Bom: o artigo dizia que somos um povo latino e que os latinos tinham uma fixação pelas armas brancas. Os anglo-saxões, pelo contrário, adoram armas de fogo.

— Isso depende da oportunidade.

— Foi o que pensei.

— Na hora da verdade, você vai me dizer.

— Foi o que pensei.

— Somos mais lerdos, isso sim há que reconhecer.

— Como somos mais lerdos?

— Mais lerdos em todos os sentidos. Como uma forma de sermos antigos.

— É isso que você chama de lerdeza?

— Ficamos com os punhais, que é como dizer na idade do bronze, enquanto os gringos já estão na idade do ferro.

— Nunca gostei de história.

— Lembra de quando pegamos o Loayza?

— Como não iria me lembrar.

— Pois então, o gordo se entregou logo.

— É, e tinha um arsenal em casa.

— Pois então.

— Quer dizer, tinha que ter resistido.

— Nós só éramos quatro e o gordo e sua gente eram cinco. Nós só tínhamos as armas regulamentares e o gordo tinha até uma bazuca.

— Não era uma bazuca, compadre.

— Era um Franchi Spas-15! E também tinha umas escopetas de cano serrado. Mas o gordo Loayza se entregou sem disparar um tiro.

— Você preferia que tivesse havido confronto?

— Nem morto. Mas se o gordo, em vez de se chamar Loayza se chamasse Mac Curly, teria nos recebido à bala e talvez agora estivesse na prisão.

— Talvez agora estivesse morto...

— Ou livre, não sei se você me entende.

— Mac Curly, parece o nome de um caubói, acho que me lembro de um filme assim.

— Eu também, acho que vimos juntos.

— Você e eu não vamos ao cinema faz séculos.

— Foi mais ou menos então que vimos o filme.

— Que arsenal tinha o gordo Loayza! Você se lembra de como ele nos recebeu?

— Rindo-se aos berros.

— Acho que era por causa dos nervos. Um da quadrilha desatou a chorar. Acho que não tinha nem dezesseis anos.

— Mas o gordo tinha mais de quarenta e se fazia passar por durão. Ponha os pés no chão: neste país não existem durões.

— Como não existem durões? Eu vi uns duríssimos.

— Loucos você deve ter visto de montão, mas durões muito poucos, ou nenhum!

— E o que você me diz de Raulito Sánchez? Lembra do Raulito Sánchez, o que tinha um Manurhin?

— Como não iria me lembrar?

— E o que você me diz dele?

— Que devia ter se livrado do revólver logo. Essa foi sua perdição. Nada mais fácil que seguir a pista de um Magnum.

— O Manurhin é um Magnum?

— Claro que é um Magnum.

— Achava que era uma arma francesa.

— É um .357 Magnum francês. Por isso não se livrou dele. Se afeiçoou a ele, é uma arma cara, há poucas desse tipo no Chile.

— Vivendo e aprendendo.

— Pobre Raulito Sánchez.

— Dizem que morreu na prisão.

— Não, morreu pouco depois de sair, numa pensão em Arica.

— Dizem que estava com os pulmões destroçados.

— Desde garoto cuspia sangue, mas aguentou como um bravo.

— Bem silencioso, lembro que era.

— Silencioso e trabalhador, mas apegado demais às coisas materiais da vida. O Manurhin foi sua perdição.

— Sua perdição foram as putas!

— Mas Raulito Sánchez era veado.

— Não sabia, juro. O tempo não respeita nada, caem até as torres mais altas.

— O que as torres têm a ver com isso.

— Lembro dele como um cara muito macho, não sei se você me entende.

— O que tem a ver a macheza?

— Mas macho à maneira dele era sim, não era?

— Para dizer a verdade, não sei que opinião posso dar.

— Pelo menos uma vez eu o encontrei com putas. Nojo as putas não lhe davam.

— Raulito Sánchez não tinha nojo de nada, mas me consta que nunca conheceu mulher.

— É uma afirmação muito taxativa essa, compadre, cuidado com o que diz. Os mortos sempre estão de olho na gente.

— Como vão estar de olho. Os mortos estão acostumados a ficar calados. Os mortos são uma merda.

— Como são uma merda?

— A única coisa que podem fazer é encher a paciência dos vivos.

— Sinto discordar, compadre, eu pelos finados sinto muito respeito.

— Mas nunca vai ao cemitério.

— Como não vou ao cemitério?

— Vamos ver: quando é o dia de finados?

— Nesta você me pegou. Vou quando tenho vontade.

— Você acredita em assombração?

— Não tenho opinião formada, mas há experiências de arrepiar.

— Era aí que eu queria chegar.

— Diz isso por causa de Raulito Sánchez?

— Exato. Antes de morrer de verdade, pelo menos em duas ocasiões se fez de morto. Uma delas num puteiro. Você se lembra da Doris Villalón? Passou uma noite inteira com ela no cemitério, os dois debaixo do mesmo cobertor, e pelo que a Doris contou não aconteceu nada a noite toda.

— Mas a Doris ficou de cabelo branco.

— Tem versão para todos os gostos.

— Mas o que é certo é que ficou de cabelo branco numa só noite, como a rainha Antonieta.

— Eu sei de boas fontes que estava com frio e se meteram numa cova vazia, depois as coisas se complicam. Conforme me contou uma amiga da Doris, começou tentando bater uma punheta no Raulito, mas ele não estava a fim e acabou dormindo.

— Que sangue-frio tinha esse homem.

— Depois, quando não se ouviam mais latidos, a Doris quis sair da cova e então apareceu o fantasma.

— Quer dizer que a Doris branqueou por causa de um fantasma?

— É o que contavam.

— Vai ver que era só uma estátua do cemitério.

— É difícil acreditar em assombração.

— E com tudo isso Raulito continuava dormindo?

— Dormindo e sem ter tocado naquela pobre mulher.

— E na manhã seguinte como estava o cabelo dele?

— Negro, como sempre, mas não há registro escrito porque ipso facto sumiu de vista.

— Ou seja, pode ser que a estátua não tivesse nada a ver com isso.

— Pode ser que tenha sido um susto.

— Um susto na delegacia.

— Ou que a permanente tenha desbotado.

— Os mistérios da condição humana são assim. Em todo caso, o Raulito nunca provou uma mulher.

— Mas parecia muito homem.

— Não tem mais homem no Chile, compadre.

— Agora sim você me deixa gelado. Cuidado com o volante. Não fique nervoso.

— Acho que foi um coelho. Devo tê-lo atropelado.

— Como não tem mais homem no Chile?

— Matamos todos.

— Como matamos todos? Eu, em toda a minha vida, nunca matei ninguém. E você matou em cumprimento do dever.

— Dever?

— Dever, obrigação, manutenção da ordem, nosso trabalho, numa palavra. Ou você prefere ganhar para ficar sentado?

— Nunca gostei de ficar sentado, tenho bicho-carpinteiro, mas por isso mesmo devia ter picado a mula.

— E então no Chile restariam homens?

— Não me tome por louco, compadre, ainda mais quando estou no volante.

— Calminha e olho na estrada. Mas o que o Chile tem a ver com essa história?

— Tem tudo a ver e dizer tudo talvez seja pouco.

— Posso imaginar.

— Você se lembra de 73?

— Era no que eu estava pensando.

— Ali matamos todos.

— Melhor não acelerar tanto, pelo menos enquanto me explica.

— É pouco o que tem para explicar. Chorar sim, explicar não.

— De qualquer maneira, conversemos, que a viagem é demorada. Quem matamos em 73?

— Os homens de verdade da pátria.

— Não precisa exagerar, compadre. Além do mais, fomos os primeiros, você não se lembra de que estivemos presos?

— Mas não foram mais de três dias.

— Mas foram os três primeiros dias, para dizer a verdade eu estava me cagando todo.

— Mas nos soltaram três dias depois.

— Alguns não soltaram nunca, como o inspetor Tovar, o caipira Tovar, um cabra valente, está lembrado?

— Prenderam-no na Quiriquina?

— Isso foi o que dissemos para a viúva, mas nunca se soube da verdade.

— É isso que às vezes me mata.

— Para que esquentar a cabeça.

— Os mortos me aparecem nos sonhos, se misturam com os que não estão nem vivos nem mortos.

— Como não estão nem vivos nem mortos?

— Quero dizer os que mudaram, os que cresceram, nós mesmos em poucas palavras.

— Agora eu te entendo, não somos mais crianças, é o que você quer dizer.

— E às vezes tenho a impressão de que não vou poder acordar, de que fodi com minha vida para sempre.

— Isso são ideias fixas, nada mais, compadre.

— E às vezes fico com tanta raiva que até busco um culpado, você me conhece, nessas manhãs em que estou com a cachorra, procuro o culpado, mas não encontro ninguém ou, pior, encontro o cara errado e fico um bagaço.

— É, já te vi assim.

— Então boto a culpa no Chile, país de bichas e assassinos.

— Mas que culpa têm as bichas, você pode me dizer?

— Nenhuma, mas vale tudo.

— Não compartilho seu ponto de vista, a vida já é suficientemente dura do jeito que é.

— E então penso que este país foi para os diabos faz tempo, que os que estamos aqui ficamos para ter pesadelos, só porque alguém tinha que ficar e enfrentar os sonhos.

— Cuidado que você vai pegar uma descida. Não olhe para mim, não vou falar nada, olhe para a frente.

— E é então que penso que neste país não tem mais homem. É como um flash. Não tem mais homem, só tem gente dormindo.

— E o que me diz das mulheres?

— Você às vezes parece bobo, compadre, estou me referindo à condição humana, genericamente, o que inclui as mulheres.

— Não sei se entendi.

— E olhe que fui claro.

— Em outras palavras, no Chile não tem mais homens nem mulheres que sejam homens.

— Não é isso, mas se assim lhe parece.

— Me parece que as chilenas merecem respeito.

— Mas quem está faltando ao respeito com as chilenas?

— Você, compadre, para não ir mais longe.

— Mas se eu só conheço chilenas, como vou faltar ao respeito com elas.

— Isso é o que você diz, mas cuidado com as consequências.

— Por que você fica assim tão suscetível?

— Fico com vontade de parar e quebrar sua cara.

— Isso eu queria ver.

— Porra, que noite mais bonita.

— Não encha meu saco com a noite. O que a noite tem a ver?

— Deve ser por causa da lua cheia.

— Não me venha com indiretas. Sou bem chileno e não gosto de enrolação.

— Aí é que você se engana: somos todos bem chilenos e nenhum de nós se desenrola. É rolo que não acaba mais.

— Quer saber, você é um pessimista.

— E o que você queria que eu fosse?

— Até nos piores momentos se vê a luz. Acho que foi Pezoa que disse isso.

— Pezoa Véliz.

— Até nos momentos mais negros há um pouco de esperança.

— A esperança foi pras picas.

— A esperança é a única coisa que não vai pras picas.

— Pezoa Véliz, sabe do que estou me lembrando?

— Como posso saber, compadre?

— Dos primeiros dias na Investigações.

— Da delegacia de Concepción?

— Da delegacia da rua del Temple.

— Dessa delegacia só lembro das putas.

— Eu nunca transei com uma puta.

— Como pode dizer isso, compadre?

— Estou falando dos primeiros dias, dos primeiros meses, depois fui me depravando.

— Mas se além do mais era grátis, quando você transa com uma puta sem pagar é como se não transasse com uma puta.

— Uma puta sempre é uma puta.

— Às vezes acho que você não gosta de mulher.

— Como não gosto de mulher?

— Digo isso pelo desprezo com que você se refere a elas.

— É que no fim das contas as putas sempre me amargam a vida.

— Mas se são a coisa mais doce do mundo.

— Sei, por isso nós as estuprávamos.

— Você está falando da delegacia da rua del Temple?

— É exatamente nisso que estou pensando.

— Mas nós não as estuprávamos, nós nos fazíamos um favor mútuo. Era uma maneira de matar o tempo. Na manhã seguinte elas iam embora todas contentes e nós ficávamos aliviados. Você não se lembra?

— Eu me lembro de muitas coisas.

— Pior eram os interrogatórios. Eu nunca quis participar.

— Mas se tivessem pedido você teria participado.

— Não digo que sim nem que não.

— Lembra do colega de colégio que tivemos no xadrez?

— Claro que lembro. Como se chamava mesmo?

— Fui eu que me dei conta de que ele estava entre os presos, apesar de ainda não tê-lo visto pessoalmente. Você o viu e não reconheceu.

— Tínhamos vinte anos, compadre, e fazia pelo menos cinco que não víamos aquele maluco. Arturo, acho que se chamava. Ele também não me reconheceu.

— É, Arturo, aos quinze anos foi para o México e aos vinte voltou para o Chile.

— Que azar.

— Que sorte, cair justo na nossa delegacia.

— Bem, essa história é velha, agora todos vivemos em paz.

— Quando vi o nome dele na lista de presos políticos, soube na hora que se tratava dele. Não existem muitos sobrenomes como o dele.

— Preste atenção no que está fazendo, se quiser mudamos de assento.

— No mesmo instante eu me disse é nosso velho colega Arturo, o maluco do Arturo, o babacão que foi para o México aos quinze anos.

— Bem, acho que ele também ficou contente por estarmos ali.

— Quando você o viu ele estava incomunicável e os outros presos é que o alimentavam. Como não ia ficar contente?

— O caso é que ficou.

— Até parece que estou vendo o cara.

— Como, se você não estava lá.

— Mas você me contou. Você perguntou a ele, você é o Arturo Belano, de Los Angeles, província de Bío-Bío? E ele respondeu que sim, senhor, sou eu.

— Veja como são as coisas, eu tinha me esquecido disso.

— E aí você perguntou, não se lembra de mim, Arturo? Não sabe quem eu sou, seu babacão? E ele olhou para você como se pensasse agora vão me torturar ou o que será que eu fiz com esse cana filho da xota.

— Olhou para mim com medo, é verdade.

— E respondeu não, senhor, não tenho a menor ideia, mas já começou a olhar para você de outra maneira, separando as águas fecais do passado, como diria o poeta.

— Olhou para mim com medo, só isso.

— E então você disse sou eu, seu babacão, seu colega de colégio, de Los Angeles, faz cinco anos, não está me reconhecendo? Sou Arancibia! E ele fez um esforço enorme porque havia passado muitos anos e no exterior tinha passado por muitas coisas, além das que estavam acontecendo na pátria, e francamente não conseguia situar seu rosto, lembrava de rostos que tinham quinze anos, não vinte, e além do mais você nunca foi muito amigo dele.

— Ele era amigo de todos, mas andava com os mais machos.

— Você nunca foi muito amigo dele.

— Mas teria adorado ser, essa é que é a pura verdade.

— E então ele disse Arancibia, claro, homem, Arancibia, e aqui vem o mais divertido, não é?

— Depende. O colega que vinha comigo não achou graça nenhuma.

— Arturo te agarrou pelos ombros e te deu uma porrada no peito que fez você recuar pelo menos uns três metros.

— Um metro e meio, como nos velhos tempos.

— E seu colega voou para cima dele, claro, pensando que o babacão tinha pirado.

— Ou que pretendia fugir, naquela época botávamos tanta banca que levávamos a pistola até para fazer a chamada dos presos.

— Quer dizer que seu colega pensou que ele queria te tomar a pistola e partiu para cima dele.

— Mas não chegou a bater, eu avisei que era um amigo.

— E então você também lhe deu uns tapas e disse que ficasse sossegado e contou como vivíamos bem.

— Só contei das putas, como éramos jovens então.

— Você disse a ele toda noite como uma puta no xadrez.

— Não, disse a ele que invadíamos as celas e trepávamos até de manhãzinha. Sempre que estávamos de plantão, claro.

— E ele na certa disse fantástico, Arancibia, fantástico, não esperava menos de você.

— Algo do gênero, cuidado com a curva.

— E você perguntou a ele, o que está fazendo aqui Belano, não tinha ido viver no México? E ele te disse que havia voltado e, claro, que era inocente, como qualquer cidadão.

— Ele me pediu que desse um jeitinho para ele poder telefonar.

— E você deixou que ele telefonasse.

— Naquela mesma tarde.

— E falou de mim para ele.

— Disse a ele: o Contreras também está aqui, e ele achou que você estava preso.

— Trancado numa cela, berrando até as três da manhã, como o gordo Martinazzo.

— Quem era Martinazzo? Não lembro mais.

— Um que passou por ali. Se Belano tinha sono leve deve ter escutado seus gritos todas as noites.

— Mas eu disse não, compadre, Contreras é detetive também, e soprei no seu ouvido: mas de esquerda, não conte a ninguém.

— Não foi legal ter dito isso a ele.

— Eu não ia deixar você numa sinuca de bico.

— E o Belano, o que ele falou quando você disse isso?

— Fez cara de que não acreditava. Fez cara de não saber quem caralho era Contreras. Fez cara de pensar este puto deste tira está querendo me foder.

— E olhe que era um cara que confiava nos outros.

— Aos quinze anos todos confiamos nos outros.

— Eu não confiava nem na minha mãe.

— Como não confiava nem na sua mãe? Com mãe não se brinca.

— Precisamente por isso.

— E depois disse a ele: esta manhã você vai ver o Contreras, quando levarem vocês ao cagatório, preste bem atenção, ele vai te fazer um sinal. E Belano me disse o.k., mas que resolvesse a história do telefone. Ele só pensava em telefonar.

— Era para lhe trazerem comida.

— Em todo caso, quando nos despedimos ficou contente. Às vezes penso que se tivéssemos nos encontrado na rua ele talvez nem tivesse me cumprimentado. O mundo dá muitas voltas.

— Não teria te reconhecido. No colégio você não era amigo dele.

— Nem você.

— Mas a mim ele reconheceu. Quando os buscaram por volta das onze, todos os presos políticos em fila indiana, eu me aproximei do corredor que dava para os banheiros e o cumprimentei de longe com um movimento de cabeça. Ele era o mais moço dos detentos e não parecia estar muito bem.

— Mas ele reconheceu ou não reconheceu você?

— Claro que reconheceu. Sorrimos um para o outro de longe e então ele pensou que tudo o que você tinha lhe dito era verdade.

— O que foi que eu disse ao Belano, vamos ver.

— Um monte de mentiras, ele me contou quando fui falar com ele.

— Quando você foi falar com ele?

— Naquela mesma noite, depois de transferirem quase todos os presos. Belano tinha ficado sozinho, ainda faltavam algumas horas para a chegada de uma nova leva, e estava com o moral baixíssimo.

— É que até os mais machinhos fraquejam lá dentro.

— Bem, ele também não estava na lona, é bom dizer.

— Mas faltava pouco.

— Faltou pouco, é verdade. E ainda por cima aconteceu uma coisa curiosa com ele. Acho que foi por isso que me lembrei dele.

— Que coisa curiosa aconteceu com ele?

— Bem, aconteceu quando estava incomunicável, sabe como eram essas coisas na delegacia da Temple, só serviam era para matar a gente de fome, porque se você cismasse podia mandar para a rua quantos recados quisesse. Bem, Belano estava incomunicável, quer dizer ninguém trazia comida de fora para ele, não tinha sabonete, nem escova de dentes, nem cobertor para a noite. E com o passar dos dias, claro, estava sujo, barbudo, a roupa fedendo, enfim, o de sempre. O caso é que uma vez por dia levávamos todos os presos ao banheiro, lembra, não?

— Como não vou me lembrar.

— E no caminho do banheiro tinha um espelho, não no banheiro propriamente dito mas no corredor que havia entre o ginásio onde estavam os presos políticos e o banheiro, um espelhinho pequeno, perto do arquivo da delegacia, lembra, não é?

— Disso não me lembro, compadre.

— Pois tinha um espelho e todos os presos políticos se olhavam nele. O espelho que tinha no banheiro a gente havia tirado, vai que algum deles tivesse uma ideia maluca, de modo que o único espelho que havia para ver como tinham se barbeado ou como tinha ficado o repartido do cabelo era esse, e todos se olhavam nele, principalmente quando deixavam que eles fizessem a barba ou no dia da semana em que havia banho de chuveiro.

— Ah, já entendi, como Belano estava incomunicável não podia fazer a barba nem tomar banho nem nada.

— Exatamente. Não tinha aparelho de barbear, não tinha toalha, não tinha sabonete, não tinha roupa limpa, nunca tomou banho.

— Não me lembro que fedesse muito.

— Todo mundo fedia. Você podia tomar banho todo dia, e continuava fedendo. Você também fedia.

— Não me encha o saco, compadre, e olho no aterro.

— Bem, o caso é que quando Belano passava com a fila dos presos nunca quis se olhar no espelho. Sacou? Evitava o espelho. Do ginásio ao banheiro ou do banheiro ao ginásio, quando chegava no corredor do espelho olhava para o outro lado.

— Tinha medo de se ver.

— Até que um dia, depois de saber que nós, seus colegas de colégio, estávamos ali para livrar a cara dele, se animou. Ele tinha pensado nisso a noite e a manhã inteiras. Para ele a sorte tinha mudado e então decidiu se olhar no espelho, ver com que cara estava.

— E o que aconteceu?

— Não se reconheceu.

— Só isso?

— Só isso, não se reconheceu. Na noite que pude falar com ele, me contou. Para ser franco, eu não esperava que ele viesse com essa. Eu estava a fim de dizer a ele que não se enganasse a meu respeito, que eu era de esquerda, que eu não tinha nada a ver com toda a merda que estava acontecendo, mas ele veio com essa do espelho e eu não soube mais o que dizer.

— E de mim, o que você disse?

— Não disse nada. Só ele falou. Disse que tinha sido muito leve, nada de chocante, está me entendendo? Ele ia na fila em direção ao banheiro e ao passar pelo espelho olhou de repente para a própria cara e viu outra pessoa. Mas não se assustou nem teve tremedeira nem ficou histérico. Naquela altura, você vai me dizer, para que ficar histérico se ele tinha a gente na delegacia. E no banheiro fez suas necessidades, tranquilo, pensando na pessoa que havia visto, pensando o tempo todo, mas sem dar muita importância. E quando voltavam para o ginásio se olhou de novo no espelho e, de fato, ele me disse, não era ele, era outra pessoa, e então eu disse a ele o que você está me dizendo, babacão, como assim outra pessoa?

— Era o que eu teria perguntado a ele, como assim.

— E ele me disse: outra. E eu disse a ele: explique isso. E ele me disse: uma pessoa diferente, só isso.

— Então você pensou que ele tinha pirado.

— Não sei o que pensei, mas com toda franqueza fiquei com medo.

— Um chileno com medo, compadre?

— Não te parece apropriado?

— Muito próprio de você não parece.

— Tanto faz, eu percebi na hora que ele não estava me embromando. Eu o tinha levado para a saleta que ficava junto do ginásio e ele desandou a falar do espelho, do trajeto que tinha que fazer toda manhã e de repente me dei conta de que tudo era de verdade, ele, eu, nossa conversa. E já que estávamos fora do ginásio, pensei, e já que ele era um ex-colega do nosso glorioso colégio, ocorreu-me que podia levá-lo ao corredor onde estava o espelho e dizer a ele olhe-se outra vez, mas comigo ao seu lado, com tranquilidade, e diga se você não é o mesmo maluco de sempre.

— E você disse?

— Claro que disse, mas para ser franco, primeiro me veio a ideia e muito depois me veio a voz. Como se entre formular a ideia na cuca e expressá-la de forma razoável houvesse transcorrido uma eternidade. Uma eternidade pequena, pior ainda. Porque se tivesse sido uma eternidade grande ou uma eternidade pura e simples eu não teria me dado conta, não sei se me entende, em compensação do jeito que foi me dei conta sim e o medo que eu tinha se acentuou.

— Mas você foi em frente.

— Claro que fui em frente, não dava mais para recuar, disse a ele vamos tirar a prova dos nove, vamos ver se comigo a seu lado acontece a mesma coisa, e ele me olhou como se desconfiasse de mim, mas disse: tá bem, se você insiste, vamos dar uma olhada, como se fizesse um favor a mim, quando na realidade era eu que estava fazendo um favor a ele, como sempre.

— E foram até o espelho?

— Fomos até o espelho, com grave risco para mim porque você sabe o que teria acontecido se me pegassem passeando à meia-noite na delegacia com um preso político. E para que ele se tranquilizasse e fosse o mais objetivo possível eu lhe dei antes um cigarro, fumamos e só quando apagamos as guimbas no chão fomos em direção aos banheiros, ele com tranquilidade, enfim, pior não podia estar, pensava (mentira, poderia estar muito pior), eu meio intranquilo, atento a qualquer ruído, a qualquer porta fechando, mas por fora como se não acontecesse nada, e quando chegamos ao espelho disse a ele olhe-se, e ele se olhou, aproximou a cara e se olhou, passou até a mão no cabelo, jogando-o para trás, estava bastante comprido, bem, à moda de 73, suponho, depois desviou os olhos, tirou a cara do espelho e ficou um instante olhando para o chão.

— E aí?

— Foi o que eu disse a ele, e aí? É você ou não é você? E ele então me olhou nos olhos e disse: é outro, compadre, não tem remédio. E eu senti dentro de mim como que um músculo ou um nervo, juro que não sei, que me dizia: sorria, seu babacão, sorria, no entanto por mais que o músculo se movesse não consegui sorrir, no máximo faria um tique, uma puxada entre o olho e a bochecha, em todo caso ele notou e ficou olhando para mim e eu passei a mão pelo rosto e engoli saliva porque tinha medo outra vez.

— Estamos chegando lá.

— E então me ocorreu a ideia. Disse a ele: olhe, vou eu me olhar no espelho, e você vai se dar conta de que sou eu mesmo, de que a culpa é deste espelho sujo e desta delegacia suja e deste corredor mal iluminado. Ele não disse nada, mas tomei seu silêncio por uma afirmação, quem cala consente, e espichei o pescoço, pus a cara na frente do espelho e fechei os olhos.

— Já dá para ver as luzes, compadre, já estamos chegando, dirija com calma.

— Você não me ouviu ou está se fazendo de surdo?

— Claro que ouvi. Você fechou os olhos.

— Eu me plantei diante do espelho e fechei os olhos. Depois abri. Suponho que parecerá normal para você olhar-se num espelho de olhos fechados.

— A mim nada parece normal, compadre.

— Mas depois abri, de repente, o máximo possível, e me olhei e vi alguém de olhos muito abertos, como se estivesse se cagando de medo, e detrás dessa pessoa vi um tipo de uns vinte anos mas que aparentava pelo menos dez anos mais, barbudo, de olheiras fundas, magro, que nos fitava por cima do meu ombro, na verdade eu não poderia jurar, vi um enxame de caras, como se o espelho estivesse quebrado, mas eu sabia muito bem que não estava, e então Belano disse, mas disse bem baixinho, pouco mais forte que um sussurro, disse: ei, Contreras, tem alguma sala detrás dessa parede?

— Filho da xota! Que cinemeiro!

— E ao ouvir sua voz foi como se eu acordasse, mas ao revés, como se em vez de sair para um lado saísse para o outro, e até minha voz me espantou. Não, respondi, que eu saiba detrás dela só tem o pátio. O pátio onde estão as celas?, ele me perguntou. É, falei, onde estão os presos comuns. E então o grandissíssimo filho da puta disse: entendi tudo. E eu fiquei de cabelo em pé, porque, faça-me o favor, o que é que tinha para entender? E do jeito que me veio à cabeça eu disse a ele, que porra que você entendeu, mas baixinho, sem gritar, tão baixinho que ele nem me ouviu e eu não tive mais força para repetir a pergunta. De modo que voltei a olhar para o espelho e vi dois ex-colegas, um com o nó da gravata frouxo, um tira de vinte anos, e o outro sujo, de cabelos compridos, barbudo, só pele e osso, e disse comigo mesmo, puta que pariu, fodeu tudo, Contreras, fodeu tudo. Depois agarrei Belano pelos ombros e levei-o de volta para o ginásio. Quando chegamos à porta me passou pela cabeça a ideia de sacar a pistola e dar um tiro nele ali mesmo, era fácil, teria bastado apontar e meter uma bala na cabeça dele, mesmo no escuro sempre tive boa pontaria. Depois podia dar uma explicação qualquer. Mas é claro que não fiz isso.

— Claro que não fez. Nós não fazemos essas coisas.

— Não, nós não fazemos essas coisas.

VIDA DE ANNE MOORE

Colegas de cela

Estivemos em prisões diferentes (separadas entre si por milhares de quilômetros) no mesmo mês e no mesmo ano. Sofía nasceu em 1950, em Bilbao, e era morena, de pequena estatura e muito bonita. Em novembro de 1973, quando eu estava preso no Chile, prenderam-na em Aragón.

Na época, ela estudava na Universidade de Zaragoza, uma disciplina de ciências — biologia ou química, uma das duas —, e foi parar na prisão com quase todos os colegas de curso. Na quarta ou quinta noite que dormimos juntos, ante minha exibição de posições amatórias ela me disse que eu não me cansasse, que não se tratava disso. Gosto de variar, falei. Se trepo na mesma postura duas noites seguidas fico impotente. Se for por mim não precisa fazer, disse ela. O quarto era de teto muito alto com as paredes pintadas de vermelho, um vermelho de deserto crepuscular. Ela própria as havia pintado poucos dias depois de mudar para lá. Eram horríveis. Fiz amor de todas as formas possíveis, ela disse. Não acredito, falei. De todas as formas possíveis? De todas, disse, e eu não falei nada (preferi me calar, talvez envergonhado), mas acreditei.

Depois, mas isso foi ao cabo de muitos dias, ela disse que estava ficando louca. Comia muito pouco, se alimentava unicamente de purê. Uma vez entrei na cozinha e vi um saco de plástico junto da geladeira. Eram vinte quilos de purê em pó. Você não come mais nada?, perguntei. Ela sorriu e disse que sim, que às vezes comia outras coisas, mas quase sempre na rua, em bares ou restaurantes. Em casa é mais prático um saco de purê, disse. Assim, sempre tem comida. Nem sequer dissolvia o pó com leite, usava água, e nem sequer esperava a água ferver. Dissolvia os copos de purê na água morna, me explicou mais tarde, porque odiava leite. Nunca a vi ingerir produtos lácteos, dizia que isso certamente era um problema mental que ela carregava desde a infância, algo relacionado com a mãe. De modo que de noite, quando os dois nos encontrávamos em sua casa, eu comia purê e ela às vezes me fazia companhia quando eu ficava até tarde vendo filmes na tevê. Quase não conversávamos. Ela nunca discutia. Na época morava no mesmo apartamento um cara do Partido Comunista, da nossa idade, um rapaz de uns vinte anos, com o qual eu me engalfinhava em polêmicas inúteis e ela nunca tomou partido, embora eu soubesse que estava mais do meu lado que do lado dele. Uma vez o comunista me disse que Sofía era muito gostosa e que pensava comê-la na primeira oportunidade. Coma mesmo, falei. Duas ou três noites depois, quando eu via um filme com o Bardem, ouvi o comunista sair ao corredor e bater discretamente na porta de Sofía. Falaram um instante, depois a porta se fechou e o comunista só saiu de lá duas horas mais tarde.

Sofía, mas eu só soube disso muito depois, tinha sido casada. Seu marido era um colega da Universidade de Zaragoza, um cara que também esteve preso em novembro de 1973. Quando terminaram o curso, mudaram para Barcelona e depois de algum tempo se separaram. Ele se chamava Emilio e eram bons amigos. Com Emilio você fez amor de todas as formas possíveis? Não, mas quase, dizia Sofía. E dizia também que estava ficando louca e que era um problema, principalmente quando dirigia, outra noite fiquei louca na Diagonal, por sorte não tinha muito trânsito. Você toma alguma coisa? Valium. Um monte de comprimidos de Valium. Antes de irmos para a cama fomos juntos ao cinema umas poucas vezes. Filmes franceses, creio. Vimos um de uma mulher pirata que chega a uma ilha onde vive outra mulher pirata e as duas têm um duelo de morte com espadas. O outro era da Segunda Guerra Mundial: um cara que trabalhava para os alemães e para a Resistência ao mesmo tempo. Depois de transar fomos mais vezes ao cinema e curiosamente desses filmes sim me lembro do título e até do nome dos diretores, mas esqueci todo o resto. Já desde a primeira noite Sofía me deixou bem claro que nosso caso não ia chegar a lugar nenhum. Estou apaixonada por outro, disse. O camarada comunista? Não, alguém que você não conhece, disse ela, um professor, como eu. Naquele momento não quis dizer o nome dele. Às vezes iam para a cama, mas isso não costumava acontecer com frequência, uma vez a cada quinze dias aproximadamente. Comigo fazia amor todas as noites. A princípio, eu tentava esgotá-la. Começávamos às onze e não parávamos antes das quatro da manhã, mas logo me dei conta de que não existia maneira de esgotar Sofía.

Naquela época eu costumava me juntar com anarquistas e feministas radicais e lia livros mais ou menos condizentes com minhas amizades. Um deles era o de uma feminista italiana, Carla não sei quê, o livro se chamava *Cuspamos em Hegel*. Uma tarde emprestei-o a Sofía, leia, falei, acho muito bom. (Talvez tenha dito que o livro ia *ser útil* para ela.) No dia seguinte, Sofía, de muito bom humor, me devolveu o livro e disse que como ficção científica não era mal, mas que quanto ao mais era uma porcaria. Opinou que só uma italiana podia tê-lo escrito. Tem alguma coisa contra as italianas, perguntei, alguma italiana te maltratou quando você era pequena? Disse que não, mas que postos nesse plano preferia ler Valerie Solanas. Seu autor predileto, ao contrário do que eu pensava, não era uma mulher mas um inglês, David Cooper, o colega de Laing. Tempos depois também li Valerie Solanas e David Cooper e até Laing (os sonetos). Uma das coisas que mais me impressionou em Cooper foi que ele tratava, durante sua etapa argentina (na realidade não sei se Cooper esteve alguma vez na Argentina, pode ser que eu me confunda), de militantes de esquerda com drogas alucinógenas. Gente que ficava doente porque sabia que podia morrer a qualquer momento, gente que não ia ter na vida a experiência da velhice, a droga lhes proporcionava essa experiência e os curava. Às vezes Sofía também se drogava. Tomava LSD, anfetaminas, Rohypnol, comprimidos para levantar e comprimidos para baixar a bola e comprimidos para controlar a direção do carro. Um carro em que eu, por precaução, raras vezes entrava. Na verdade, saíamos pouco. Eu levava minha vida, Sofía levava a dela, e à noite, em seu quarto ou no meu, nos trançávamos numa luta interminável até ficarmos vazios quando já começava a amanhecer.

Uma tarde, Emilio veio vê-la e ela o apresentou a mim. Era um sujeito alto, com um bonito sorriso, e se notava que gostava muito de Sofía. A companheira de Emilio se chamava Nuria, era catalã e professora de ensino médio, assim como Emilio e Sofía. Não havia duas mulheres mais diferentes: Nuria era loura, tinha olhos azuis, era alta e cheinha; Sofía era morena, tinha os olhos de um castanho tão escuro que parecia negro, era baixinha e magra como uma corredora de maratona. Apesar de tudo pareciam boas amigas. Pelo que soube mais tarde, foi Emilio que largou Sofía, mas o rompimento sempre se manteve nos estritos limites da amizade. Às vezes, quando eu ficava muito tempo sem falar observando as duas, me parecia estar diante de uma americana e de uma vietnamita. Só Emilio sempre parecia Emilio, químico ou biólogo aragonês, ex-estudante antifranquista, ex-preso, um cara decente mas não muito interessante. Uma noite Sofía me falou do homem por quem estava apaixonada. Chamava-se Juan e também era do Partido Comunista. Trabalhava na mesma escola que ela, por isso o via todos os dias. Era casado e tinha um filho. Onde vocês fazem amor? No meu carro, disse Sofía, ou no carro dele. Saímos juntos e nos perseguimos pelas ruas de Barcelona, às vezes vamos até o Tibidabo ou até Sant Cugat, outras vezes simplesmente paramos numa rua escura e então ele entra no meu carro ou eu entro no dele. Pouco depois Sofía se adoentou e teve que ficar de cama. Naquela época só estávamos no apartamento nós dois e o comunista. Ele só aparecia de noite, de modo que fui eu que tive que cuidar dela e comprar os remédios. Uma noite ela me disse para sairmos de viagem. Para onde?, perguntei. Vamos a Portugal, falou. A ideia me pareceu boa e uma manhã partimos para Portugal de carona. (Eu pensava que iríamos no carro dela, mas Sofía tinha medo de dirigir.) A viagem foi demorada e tortuosa. Paramos em Zaragoza, onde Sofía ainda tinha seus melhores amigos, em Madri, na casa da sua irmã, em Extremadura...

Tive a impressão de que Sofía estava visitando todos os seus ex-amantes. Tive a impressão de que estava se despedindo deles, uma despedida desprovida de placidez ou aceitação. Quando fazíamos amor, começava com um ar ausente, como se não fosse com ela, mas depois se deixava levar e terminava gozando várias vezes. Então desatava a chorar e eu perguntava por que chorava. Porque sou uma coelha, dizia, estou com a alma em outro lugar e no entanto não consigo deixar de gozar. Não exagere, eu lhe dizia, e continuávamos fazendo amor. Beijar seu rosto banhado em lágrimas era delicioso. Todo o seu corpo ardia, se arqueava, como um pedaço de metal em brasa, mas suas lágrimas eram apenas mornas e ao descer por seu pescoço, ou quando eu as recolhia e untava os bicos do seu peito com elas, gelavam. Um mês depois voltamos a Barcelona. Sofía quase não comia nada o dia todo. Voltou à sua dieta de purê em pó e decidiu não sair de casa. Uma noite, ao voltar, encontrei-a com uma amiga que eu não conhecia e outra vez encontrei Emilio e Nuria, que olharam para mim como se eu fosse o responsável por sua saúde deteriorada. Eu me senti mal mas não disse nada e me tranquei no meu quarto. Tentei ler, mas ouvia-os na sala. Exclamações de espanto, repreensões, conselhos. Sofía não falava. Uma semana depois conseguiu uma licença de quatro meses. O médico da previdência social era um ex-colega de Zaragoza. Pensei que então ficaríamos mais tempo juntos, mas pouco a pouco fomos nos afastando. Algumas noites ela já não ia dormir em casa. Lembro que ficava até bem tarde vendo tevê e esperando-a. Às vezes o comunista me fazia companhia. Sem ter o que fazer, eu arrumava a casa, varria, passava o pano, tirava o pó. O comunista estava encantado comigo, mas um dia ele também teve que ir embora e fiquei mais sozinho que nunca.

Sofía, naqueles dias, era um fantasma, aparecia sem fazer barulho, se trancava em seu quarto ou no banheiro e passadas algumas horas voltava a sumir. Uma noite nos encontramos na escada do edifício, eu subia e ela descia, e a única coisa que me ocorreu lhe perguntar foi se tinha um novo amante. De imediato me arrependi, mas já tinha falado. Não me lembro o que respondeu. Aquele apartamento tão grande em que nos bons tempos éramos cinco a morar se transformou numa ratoeira. Às vezes eu imaginava Sofía na prisão, em Zaragoza, em novembro de 1973, e imaginava a mim, detido uns poucos mas decisivos dias no hemisfério sul, na mesma época, e embora me desse conta de que esse fato, essa casualidade estava prenhe de significados, não conseguia decifrar nenhum deles. As analogias só me confundem. Uma noite, ao voltar para casa, encontrei um bilhete de despedida junto com um pouco de dinheiro na mesa da cozinha. No começo continuei vivendo como se Sofía estivesse lá. Não me lembro com exatidão quanto tempo fiquei à sua espera. Acho que cortaram a luz por falta de pagamento. Depois me mudei.

Passou muito tempo antes que eu voltasse a vê-la. Passeava pelas Ramblas: parecia perdida. Falamos, de pé, o frio penetrando até nossos ossos, de assuntos que não tinham nada a ver com ela nem comigo. Me acompanhe até em casa, ela disse. Morava perto do Borne, num edifício que estava vindo abaixo de tão velho. A escada era estreita e rangia a cada passo que dávamos. Subi até a porta da sua casa, no último andar; para minha surpresa, não me deixou entrar. Devia ter perguntado o que estava acontecendo, mas fui embora sem fazer nenhum comentário, aceitando as coisas tais como são, tais como ela gostava de considerá-las.

Uma semana depois voltei à sua casa. A campainha não funcionava e tive que bater várias vezes. Achei que não tinha ninguém. Depois pensei que ali, na realidade, não *vivia* ninguém. Quando já ia embora abriram a porta. Era Sofía. Sua casa estava às escuras e a luz do hall se apagava a cada vinte segundos. A princípio, devido à escuridão, não me dei conta de que estava nua. Vai ficar congelada, falei quando a luz da escada mostrou-a, ali, bem ereta, mais magra que de costume, a barriga, as pernas que tantas vezes eu havia beijado, numa situação de tamanho desamparo que em vez de me empurrar para ela me esfriou, como se quem estivesse sofrendo as consequências da sua nudez fosse eu. Posso entrar? Sofía mexeu a cabeça num gesto de negação. Supus que sua nudez certamente se devia ao fato de estar acompanhada. Disse isso a ela e, sorrindo tolamente, garanti que não era minha intenção ser indiscreto. Já me dispunha a descer a escada quando ela disse que estava sozinha. Parei e olhei para ela, desta vez com maior cuidado, tentando descobrir algo em sua expressão, mas seu rosto era impenetrável. Olhei também por cima de seu ombro. O interior da casa permanecia envolto em silêncio e numa escuridão imutável, mas meu instinto me disse que ali dentro se escondia alguém, ouvindo-nos, esperando. Está se sentindo bem? Muito bem, disse ela com um fio de voz. Tomou alguma coisa? Não tomei nada, não estou drogada, sussurrou. Posso entrar? Posso preparar um chá para você? Não, disse Sofía. Já que fazia perguntas, antes de ir embora pensei que não seria demais fazer uma última: por que você não me deixa conhecer sua casa, Sofía? Sua resposta foi inesperada. Meu namorado deve estar chegando e ele não gosta de me encontrar em companhia de ninguém, principalmente de um homem. Eu não soube se devia me zangar ou levar na brincadeira. Seu namorado deve ser um vampiro, falei. Sofía sorriu pela primeira vez, porém um sorriso fraco e distante. Falei a ele de você, disse ela, ele te reconheceria. E o que poderia fazer, me bater? Não, simplesmente se zangaria, disse. Me poria daqui para fora a pontapés? (Eu estava cada vez mais escandalizado. Por um momento desejei que o tal namorado que Sofía esperava nua e às escuras chegasse para eu ver o que aconteceria na realidade, o que ele se atreveria a fazer.) Não poria você para fora aos pontapés, disse. Simplesmente se zangaria, não falaria com você e quando você fosse embora mal me dirigiria a palavra. Você não deve estar muito bem da cabeça, não sei se percebe o que diz, mudaram você, não te reconheço, gaguejei. Sou a mesma de sempre, você é que é o imbecil que não se dá conta de nada. Sofía, Sofía, o que aconteceu com você, você não é assim. Vá embora daqui, disse ela, você que sabe como eu sou.

Não voltei a saber nada de Sofía até um ano depois. Uma tarde, ao sair do cinema, encontrei Nuria. Nós nos reconhecemos, comentamos o filme e afinal decidimos ir tomar um café juntos. Um instante depois já estávamos falando de Sofía. Quanto tempo faz que você não a vê?, ela me perguntou. Respondi que fazia muito, mas também disse que acordava certas manhãs como se tivesse acabado de vê-la. Como se sonhasse com ela? Não, disse, como se tivesse passado a noite com ela. Estranho, com Emilio acontecia algo parecido. Até que ela tentou matá-lo, disse, e então parou de ter pesadelos.

Nuria me explicou a história. Era simples, era incompreensível.

Seis ou sete meses atrás Emilio recebeu um telefonema de Sofía. Conforme contou mais tarde a Nuria, Sofía lhe falou de monstros, de conspirações, de assassinos. Disse que a única coisa que lhe metia mais medo que um louco era alguém que premeditadamente arrastasse outro para a loucura. Depois marcou um encontro com ele em sua casa, a mesma a que eu havia ido um par de vezes. No dia seguinte, Emilio compareceu pontualmente ao encontro. A escada escura ou mal iluminada, a campainha que não funcionava, as batidas na porta, tudo, até ali, familiar e previsível. Sofía abriu. Não estava nua. Convidou-o a entrar. Emilio nunca estivera naquela casa. A sala, segundo Nuria, era pobre, e além disso seu estado de conservação era lamentável, a sujeira gotejava pelas paredes, os pratos sujos se acumulavam na mesa. A princípio, Emilio não viu nada, tão ruim era a iluminação do cômodo, depois distinguiu um homem sentado numa poltrona e o cumprimentou. O sujeito respondeu a seu cumprimento. Sente-se, disse Sofía, temos que conversar. Emilio sentou; já então uma vozinha interior lhe disse repetidas vezes que algo ia mal, mas não lhe deu bola. Pensou que Sofía ia pedir dinheiro emprestado. Mais uma vez. No entanto, a presença do desconhecido afastava essa possibilidade, Sofía nunca pedia dinheiro diante de terceiros, de modo que Emilio sentou e esperou.

Então Sofía disse: meu marido quer te explicar algumas coisas da vida. Por um momento Emilio pensou que Sofía se referia a ele como "meu marido" e que pretendia que dissesse algo a seu novo namorado. Sorriu. Conseguiu dizer que ele não tinha nada que explicar, cada experiência é única, disse. De repente entendeu que as palavras de Sofía eram dirigidas a ele, que o "marido" era o outro, que estava acontecendo algo de ruim, muito ruim. Tentou se levantar justo quando Sofía se atirou sobre ele. O resto foi mais para o caricato. Sofía agarrou ou tentou agarrar Emilio pelas pernas enquanto seu novo companheiro tentava estrangulá-lo com mais vontade que destreza. Mas Sofía era pequena e o desconhecido também era pequeno (Emilio, na confusão da briga, teve tempo e sangue-frio para perceber a semelhança física que existia entre Sofía e o desconhecido, como se fossem irmãos gêmeos), e o combate ou simulacro de combate não durou muito. Talvez o susto tenha transformado Emilio numa pessoa vingativa: quando jogou o namorado de Sofía no chão, chutou-o até se cansar. Deve ter quebrado mais de uma costela dele, disse Nuria, você sabe como Emilio é (não, eu não sabia, mesmo assim assenti). Quando acabou, se dirigiu a Sofía que inutilmente tentava imobilizá-lo pelas costas ao mesmo tempo que dava socos que Emilio mal sentia. Esbofeteou-a três vezes (era a primeira vez que batia nela, segundo Nuria), depois foi embora. Desde então não voltaram a saber nada dela, mas Nuria, de noite, sobretudo quando voltava do trabalho, sentia medo.

Eu te conto isso, disse Nuria, caso você tenha a tentação de visitar Sofía. Não, falei, não a vejo há tempos e não está nos meus planos ir à sua casa. Depois falamos de outras coisas, muito brevemente, e nos separamos. Dois dias mais tarde, sem saber muito bem o que me impelia a fazê-lo, apareci na casa de Sofía.

Ela abriu a porta. Estava mais magra que nunca. A princípio não me reconheceu. Mudei tanto assim, Sofía?, murmurei.

Ah, é você, falou. Depois espirrou e deu um passo atrás. Considerei isso, talvez erroneamente, como um convite para entrar. Sofía não me deteve.

A sala, o cômodo onde haviam preparado a emboscada para Emilio, apesar de mal iluminada (a única janela dava para um poço interno lúgubre e estreito), não parecia suja. Minha primeira impressão foi antes a contrária. Sofía também não parecia suja. Sentei numa poltrona, talvez a mesma em que Emilio tenha sentado no dia da emboscada, e acendi um cigarro. Sofía ficou de pé, olhando para mim como se ainda não soubesse com exatidão quem eu era. Vestia uma saia larga e fina, mais adequada para o verão, blusa e sandálias. Calçava meias grossas que por um instante acreditei reconhecer como minhas, mas não, não era possível que fossem minhas. Perguntei como estava. Não respondeu. Perguntei se estava a sós, se tinha alguma coisa para beber, se a vida a tratava bem. Como Sofía não se mexia, levantei e fui à cozinha. Limpa, escura, a geladeira vazia. Espiei nos armários. Nem uma miserável lata de ervilhas, abri a torneira da pia, pelo menos tinha água corrente, mas não me atrevi a bebê-la. Voltei à sala. Sofía permanecia parada no mesmo lugar, não sei se à espera ou não, não sei se ausente, em todo caso mais parecida com uma estátua. Senti uma rajada de ar frio e pensei que a porta de entrada estava aberta. Fui verificar, mas não, Sofía, depois que entrei, tinha fechado. Já é alguma coisa, pensei.

O que aconteceu depois é impreciso ou talvez eu prefira que seja impreciso. Contemplei o rosto de Sofía, um rosto melancólico ou pensativo ou doente, contemplei o perfil de Sofía, eu sabia que se ficasse quieto começaria a chorar, me aproximei dela por trás e abracei-a. Lembro que o corredor, na direção do quarto e do outro quarto, se estreitava. Fizemos amor lentos e desesperados, igual a antes. Fazia frio e eu não me despi.

Sofía, em compensação, tirou toda a roupa. Agora você está gelada, pensei, gelada como uma morta e não tem ninguém.

No dia seguinte tornei a visitá-la. Desta vez fiquei muito mais tempo. Falamos de quando vivíamos juntos, dos programas de televisão que víamos até altas horas da madrugada. Ela me perguntou se na minha casa nova eu tinha televisão, disse que não. Sinto falta da tevê, disse ela, sobretudo dos programas noturnos. A vantagem de não ter tevê é que a gente lê mais, disse eu. Eu já não leio, disse ela. Nada? Nada, pode procurar, nesta casa não há livros. Como um sonâmbulo, levantei e percorri toda a casa, canto por canto, como se tivesse todo o tempo do mundo. Vi muitas coisas, mas não vi livros, e um dos quartos estava fechado à chave e não pude entrar. Depois voltei com uma sensação de vazio no peito e me deixei cair na poltrona de Emilio. Até então não tinha perguntado por seu acompanhante. Fiz isso. Sofía olhou para mim e sorriu, creio que pela primeira vez desde nosso reencontro. Foi um sorriso breve mas perfeito. Foi embora, disse, e nunca mais vai voltar. Depois nos vestimos e fomos jantar numa pizzaria.

Clara

Era peituda, tinha pernas muito finas e olhos azuis. Gostava de lembrá-la assim. Não sei por que me apaixonei por ela, mas o caso é que me apaixonei loucamente e a princípio, quero dizer nos primeiros dias, nas primeiras horas, as coisas correram bem, depois Clara voltou para sua cidade no sul da Espanha (estava de férias em Barcelona) e tudo começou a desandar.

Uma noite sonhei com um anjo: eu entrava num bar enorme e vazio e o via sentado num canto, diante de um café com leite, com os cotovelos na mesa. É a mulher da sua vida, ele me dizia, levantando o rosto e me jogando do outro lado do balcão com seu olhar, um olhar de fogo. Eu me punha a gritar: garçom, garçom, e então abria os olhos e escapava desse sonho desesperador. Outras noites não sonhava com ninguém mas acordava chorando. Enquanto isso, Clara e eu nos escrevíamos. Suas cartas eram concisas. Olá, como vai, chove, te amo, adeus. A princípio essas cartas me assustaram. Acabou tudo, pensei. No entanto, depois de um estudo detido, cheguei à conclusão de que sua escassez epistolar se devia à necessidade de esconder seus erros gramaticais. Clara era orgulhosa e detestava escrever mal, embora isso ocasionasse meu sofrimento perante sua aparente frieza.

Naquela época ela tinha dezoito anos, havia abandonado o colégio e estudava música numa escola particular e desenho com um pintor paisagista aposentado, mas a verdade é que a música não lhe interessava muito e da pintura poder-se-ia dizer quase a mesma coisa: gostava, mas era incapaz de se apaixonar. Um dia recebi uma carta em que à sua maneira concisa me comunicava que ia se apresentar num concurso de beleza. Minha resposta, três folhas escritas, frente e verso, abundava em afirmações de toda sorte sobre a serenidade da sua beleza, sobre a doçura de seus olhos, sobre a perfeição da sua cintura etcétera e tal. Era uma carta que ressumava cafonice e quando a dei por terminada hesitei se a mandava ou não, mas acabei mandando.

Durante várias semanas não soube nada dela. Poderia tê-la chamado por telefone, mas não o fiz, em parte por discrição e em parte porque naquela época eu era mais pobre que um rato. Clara ganhou o segundo lugar no concurso e ficou deprimida uma semana. Surpreendentemente me enviou um telegrama em que dizia: *Segundo lugar. Stop. Recebi sua carta. Stop. Venha me ver.* Os "stop" estavam claramente escritos.

Uma semana depois peguei o primeiro trem que saía rumo à sua cidade. Antes, claro, quero dizer depois do telegrama, nos falamos por telefone e tive a oportunidade de ouvir a história do concurso de beleza várias vezes. Pelo visto, Clara estava verdadeiramente afetada. De modo que fiz a mala e assim que pude entrei num trem e na manhã seguinte, bem cedinho, já estava naquela cidade desconhecida. Cheguei à casa de Clara às nove e meia da manhã. Na estação tomei um café e fumei vários cigarros para matar o tempo. Uma mulher gorda e despenteada me abriu a porta e quando eu disse que procurava Clara me encarou como se eu fosse uma ovelha a caminho do matadouro. Por uns minutos (que me pareceram excessivamente longos e que, depois, pensando na história toda, me dei conta de que foram mesmo) esperei-a sentado na sala, uma sala que insensatamente me pareceu acolhedora, excessivamente atravancada, mas acolhedora e cheia de luz. A aparição de Clara provocou em mim o efeito da aparição de uma deusa. Sei que é besta pensar tal coisa, sei que é besta dizer, mas foi assim.

Os dias seguintes foram agradáveis e desagradáveis. Vimos muitos filmes, quase um por dia, fizemos amor (eu era o primeiro com que Clara ia para a cama, o que não deixava de ser uma anedota curiosa, mas que com o tempo ia me custar caro), passeamos, conheci os amigos de Clara, fomos a duas festas bárbaras, propus a ela que viesse morar comigo em Barcelona. Claro, a essa altura eu já sabia qual seria a resposta. Um mês depois, certa noite, peguei o trem de volta, lembro-me que a viagem foi horrível.

Pouco depois Clara me escreveu uma carta, a mais longa que me mandou, dizendo que não podia continuar comigo, que as pressões a que se submetia (minha proposta de morar juntos) eram inaceitáveis, que tudo estava acabado. Falamos mais três ou quatro vezes por telefone. Creio que eu também lhe escrevi uma carta em que a insultava, em que lhe dizia que a amava, em certa ocasião fui ao Marrocos e liguei para ela de um hotel em que me hospedava, em Algeciras, e desta vez pudemos conversar educadamente. Ou assim pareceu a ela. Ou assim acreditei eu.

Anos depois Clara ia me contar passagens da sua vida que eu havia perdido irremediavelmente. Muitos anos depois, inclusive, a própria Clara (e alguns dos seus amigos) voltariam a me contar a história, começando do zero ou retomando a história onde eu a havia deixado, para eles era a mesma coisa (afinal de contas eu era um estranho), para mim também, embora resistisse a essa ideia, era a mesma coisa. Clara, previsivelmente, se casou pouco depois de terminar seu namoro comigo (sei que a palavra namoro é excessiva, mas não me ocorre outra) e o felizardo foi, como também era lógico, um daqueles amigos que conheci durante minha primeira viagem à sua cidade.

Mas antes teve problemas mentais: costumava sonhar com ratos, costumava ouvi-los de noite em seu quarto e meses a fio, os meses anteriores ao seu casamento, dormiu no sofá da sala. Suponho que, com as bodas, esses ratos fodidos desapareceram.

Bem. Clara se casou. E o marido, o marido a que Clara amava, se revelou uma surpresa inclusive para ela. Um ou dois anos depois, não sei, Clara me contou mas esqueci, eles se separaram. A separação não foi amigável. O cara gritou com Clara, Clara gritou com ele, Clara lhe deu uma bofetada, o cara respondeu com um murro que deslocou sua mandíbula. Às vezes, quando estou sozinho e não posso dormir mas tampouco tenho ânimo de acender a luz, penso em Clara, a ganhadora do segundo lugar do concurso de beleza, e a vejo com a mandíbula pendurada, incapaz de voltar a encaixá-la sozinha e dirigindo com uma só mão (com a outra segura a queixada) para o hospital mais próximo. Eu gostaria de rir, mas não consigo.

Do que rio, isso sim, é da sua noite de núpcias. No dia anterior tinha sido operada de hemorroidas, de modo que não deve ter sido muito animada, suponho. Nunca lhe perguntei se pôde fazer amor com seu marido. Acho que fizeram antes da operação. Enfim, não importa, todos esses detalhes retratam mais a mim do que a ela.

O caso é que Clara se separou um ano ou dois depois de se casar e resolveu estudar. Não tinha terminado o colegial, de modo que não podia entrar na universidade, mas, fora isso, experimentou tudo: fotografia, pintura (não sei por que sempre achou que podia ser uma boa pintora), música, datilografia, informática, todos esses cursos de um ano e diploma e promessas de trabalho em que os jovens desesperados mergulham de cabeça ou de bunda. E Clara, embora se sentisse feliz por ter largado um marido que batia nela, no fundo era uma desesperada.

Voltaram os ratos, as depressões, as doenças misteriosas. Durante dois ou três anos tratou de uma úlcera e afinal se deram conta de que ela não tinha nada, pelo menos no estômago. Creio que naquela época conheceu Luis, um executivo que virou seu amante e que além disso a convenceu a estudar algo relacionado com administração de empresas. Segundo os amigos de Clara, ela por fim havia encontrado o homem da sua vida. Não demoraram a viver juntos, Clara começou a trabalhar num escritório, um tabelionato ou uma consultoria, não sei, um trabalho muito divertido, dizia Clara sem nenhuma ponta de ironia, e sua vida pareceu entrar nos eixos definitivamente. Luis era um sujeito sensível (nunca bateu nela), um sujeito culto (foi um dos milhões de espanhóis, creio, que compraram os fascículos completos das obras de Mozart) e um sujeito paciente (ele a ouvia, ouvia todas as noites e fins de semana). E embora Clara tivesse poucas coisas a dizer sobre si mesma, falava incansavelmente disso. Já não se amargurava com o concurso de beleza, por certo, se bem que de quando em quando voltasse a esse assunto, mas sim com suas depressões, sua tendência à loucura, os quadros que quisera pintar e não tinha pintado.

Não sei por quê, talvez por falta de tempo, não tiveram filhos, embora Luis, segundo Clara, adorasse crianças. Mas ela não estava preparada. Aproveitava o tempo para estudar, ouvir música (Mozart, mas depois vieram outros), tirar fotografias que não mostrava a ninguém. À sua maneira obscura e inútil, tentava preservar sua liberdade e tentava aprender.

Aos trinta e um anos foi para a cama com um colega de escritório. Foi uma coisa simples e sem maiores consequências, pelo menos para eles dois, mas Clara cometeu o erro de contá-la para Luis. A briga foi incrível. Luis quebrou uma cadeira ou um quadro que ele próprio havia comprado, tomou um porre e durante um mês não lhe dirigiu a palavra. Segundo Clara, a partir desse dia as coisas nunca mais voltaram a ser como antes, apesar da reconciliação, apesar de uma viagem que fizeram juntos a um vilarejo da costa, uma viagem um tanto triste e medíocre.

Aos trinta e dois anos, sua vida sexual era quase inexistente. E pouco antes de fazer trinta e três Luis lhe disse que gostava dela, que a respeitava, que nunca a esqueceria, mas que fazia meses saía com uma colega de trabalho divorciada e com filhos, uma moça legal e compreensiva, e que pensava ir morar com ela.

Aparentemente, Clara encarou a separação (era a primeira vez que a deixavam) bastante bem. Mas em poucos meses caiu numa nova depressão que a obrigou a abandonar o trabalho temporariamente e a começar um tratamento psiquiátrico que não adiantou muito. Os comprimidos que tomava a inibiam sexualmente, apesar de ter tentado, com mais vontade do que resultados, ir para a cama com outras pessoas, entre elas eu. Nosso encontro foi breve e em linhas gerais desastroso. Clara voltou a me falar dos ratos que não a deixavam em paz, quando ficava nervosa não parava de ir ao banheiro, na primeira noite em que fomos para a cama ela se levantou para urinar umas dez vezes, falava de si na terceira pessoa, de fato uma vez me disse que dentro da sua alma existiam três Claras, uma menina, uma velha — a escrava da sua família — e uma jovem, a Clara verdadeira, com vontade de sair de uma vez por todas daquela cidade, com vontade de pintar, de tirar fotografias, de viajar e de viver. Nos primeiros dias do nosso reencontro temi por sua vida, tanto que às vezes nem saía para fazer as compras com medo de encontrá-la morta ao voltar, mas com os dias meus temores foram se dissipando e eu soube (talvez porque fosse isso o que me convinha) que Clara não ia tirar a própria vida, não ia se atirar da sacada da sua casa, não ia fazer nada.

Pouco depois parti, mas desta vez resolvi telefonar para ela a cada tanto, não perder o contato com uma das suas amigas que me manteria informado (se bem que de maneira espaçada) do que fosse acontecendo. Soube assim de algumas coisas que talvez houvesse preferido não saber, episódios que em nada contribuíam para minha serenidade, histórias das que um egoísta deve se proteger sempre. Clara voltou ao trabalho (os novos comprimidos que tomava operaram milagres em seu ânimo) mas em pouco tempo, talvez como represália pela licença tão prolongada, a destinaram a uma sucursal de outra cidade andaluza, não muito longe da sua cidade. Nela tratou de frequentar o ginásio esportivo (com trinta e quatro anos estava longe de ser a beleza que conheci aos dezessete) e a entabular novas amizades. Foi assim que conheceu Paco, divorciado como ela.

Não demoraram a se casar. A princípio, Paco exaltava as fotografias e as pinturas de Clara para quem quisesse ouvir. E Clara acreditava que Paco era uma pessoa inteligente e de bom gosto. Com o tempo, no entanto, Paco deixou de se interessar pelos esforços estéticos de Clara e quis ter um filho. Clara tinha trinta e cinco anos e em princípio a ideia não a entusiasmava, mas acabou cedendo e tiveram um filho. Segundo Clara, o menino satisfazia a todos os seus anseios, foi essa a palavra empregada. Segundo seus amigos, cada dia estava pior, o que na realidade queria dizer bem pouco.

Em certa ocasião, por motivos que não vêm ao caso, tive que passar uma noite na cidade de Clara. Liguei para ela do hotel, disse onde eu estava, combinamos um encontro para o dia seguinte. Teria preferido vê-la naquela mesma noite, mas desde nosso último encontro Clara, talvez com razão, me considerava uma espécie de inimigo e não insisti.

Quando a vi, demorei a reconhecê-la. Tinha engordado e seu rosto, apesar da maquiagem, exibia o estrago, mais que do tempo, das frustrações, coisa que me surpreendeu, pois no fundo nunca acreditei que Clara aspirasse a nada. E se você não aspira a nada, com que pode estar frustrado? Seu sorriso também havia experimentado uma mudança: antes era quente e meio bobinho, o sorriso afinal de contas de uma senhorita de capital de província, e agora era um sorriso mesquinho, um sorriso ferino no qual era fácil ler o ressentimento, a raiva, a inveja. Nos beijamos no rosto como dois imbecis e depois nos sentamos e por um momento não soubemos o que dizer. Fui eu quem quebrou o silêncio. Perguntei por seu filho, ela me disse que estava na creche e depois perguntou pelo meu. Está bem, falei. Nós dois nos demos conta de que se não fizéssemos alguma coisa aquele encontro seria de uma tristeza insuportável. Como eu estou?, perguntou Clara. Soou como se pedisse que eu a esbofeteasse. Como sempre, respondi automaticamente. Lembro que tomamos um café e depois demos uma volta por uma avenida de plátanos que levava diretamente para a estação. Meu trem saía dentro em pouco. Mas nos despedimos na porta da estação e nunca mais tornei a vê-la.

Mantivemos, isso sim, algumas conversas telefônicas antes da sua morte. Costumava ligar para ela a cada três ou quatro meses. Com o tempo havia aprendido a não tocar jamais nos assuntos pessoais, nos assuntos íntimos, em minhas conversas com Clara (mais ou menos da mesma maneira que a gente, nos bares, com os desconhecidos, só fala de futebol), então falávamos da família, uma família abstrata como um poema cubista, da escola de seu filho, de seu trabalho na empresa, a mesma de sempre, onde com os anos chegou a conhecer a vida de cada empregado, os casos de cada executivo, segredos que a satisfaziam de maneira talvez excessiva. Numa oportunidade tentei arrancar-lhe alguma coisa sobre seu marido, mas ao chegar a esse ponto Clara se fechava em copas. Você merece o melhor, disse-lhe uma vez. É curioso, respondeu Clara. O que é curioso?, perguntei. É curioso o que você diz, é curioso que seja precisamente você a dizer isso, disse Clara. Tentei mudar rapidamente de tema, argumentei que minhas moedas estavam acabando (nunca tive telefone, nunca terei, sempre telefonava de uma cabine pública), disse adeus precipitadamente e desliguei. Eu não era mais capaz, me dei conta, de ter outra briga com Clara, não era mais capaz de ouvir o esboço de outro de seus inúmeros álibis.

Uma noite, faz pouco, me disse que estava com câncer. Sua voz era tão fria como sempre, a mesma voz que me anunciou havia anos que participaria de um concurso de beleza, a mesma voz que falava da sua vida com um desapego próprio de um mau narrador, botando pontos de exclamação onde não era para estarem, emudecendo quando devia ter falado, cutucando a ferida. Perguntei, lembro, lembro, se já tinha ido ver um médico, como se ela mesma (ou com a ajuda de Paco) houvesse feito o diagnóstico. Claro que sim, disse. Ouvi do outro lado do telefone uma coisa parecida com um grasnido. Ela ria. Depois falamos brevemente dos nossos filhos e depois ela me pediu, devia estar sozinha ou entediada, que lhe contasse algo da minha vida. Inventei a primeira coisa que me passou pela cabeça e fiquei de ligar para ela na semana seguinte. Naquela noite dormi muito mal. Encadeei um pesadelo atrás do outro e de repente acordei dando um grito e com a certeza de que Clara tinha mentido, que não estava com câncer, que alguma coisa estava acontecendo com ela, isso era indubitável, havia vinte anos que estavam acontecendo coisas com ela, todas elas pequenas e fodidas, todas cheias de merda e sorridentes, mas que não estava com câncer. Eram cinco da manhã, eu me levantei e fui até o Paseo Marítimo com o vento a favor, o que era estranho pois o vento sempre sopra do mar para o interior do vilarejo e poucas vezes do interior para o mar. Não parei até chegar à cabine telefônica que fica junto do terraço de um dos maiores bares do Paseo Marítimo. O terraço estava deserto, as cadeiras amarradas às mesas com correntes, mas num banco um pouco mais além, quase na beira do mar, um vagabundo dormia com os joelhos erguidos e de quando em quando estremecia como se tivesse pesadelos.

Disquei o único número que tinha em minha agenda da cidade de Clara que não era o de Clara. Depois de muito tocar atendeu uma voz de mulher. Disse a ela quem eu era e de repente não consegui mais falar. Pensei que ela ia desligar, depois ouvi o estalido de um isqueiro e em seguida os lábios aspirando a fumaça. Está me ouvindo?, perguntou a mulher. Sim, respondi. Você falou com Clara? Sim, respondi. Ela te disse que estava com câncer? Sim, respondi. É verdade, disse a mulher.

De repente descarregaram-se em cima de mim todos os anos desde que conheci Clara, tudo aquilo que havia sido minha vida e com que Clara não teve praticamente nada a ver. Não sei o que falou além disso a mulher do outro lado do telefone, a mais de mil quilômetros de distância, creio que sem querer, como no poema de Rubén Darío, eu me pus a chorar, procurei nos meus bolsos o tabaco, ouvi fragmentos de histórias, médicos, operações, seios amputados, discussões, pontos de vista diferentes, deliberações, movimentos que me mostravam uma Clara que eu jamais poderia conhecer, afagar, ajudar. Uma Clara que jamais poderia me salvar.

Quando desliguei, o vagabundo estava perto de mim, a menos de um metro de distância. Não o tinha ouvido chegar. Era muito alto, agasalhado demais para a temporada e olhava para mim com fixação, como se tivesse vista ruim ou temesse uma ação inesperada de minha parte. Eu estava tão triste que nem me assustei, se bem que mais tarde, ao voltar pelas ruas sinuosas do interior do vilarejo, compreendi que por um segundo eu havia esquecido Clara e que aquilo tudo não pararia mais.

Falamos muitas outras vezes. Houve semanas em que liguei duas vezes por dia, chamadas curtas, ridículas, em que a única coisa que eu queria dizer não podia dizer, e então falava de qualquer coisa, a primeira que me passasse pela cabeça, nonsenses que esperava a fizessem sorrir. Algumas vezes fiquei nostálgico e evoquei os dias passados, mas Clara então se cobria com sua couraça de gelo e eu não demorava a abandonar a nostalgia. Quando foi se aproximando a data da sua operação meus telefonemas aumentaram. Uma vez falei com seu filho. Outra, com Paco. Os dois pareciam bem, pela voz estavam bem, menos nervosos que eu, em todo caso. Provavelmente estou enganado. Claro que estou. Todos se preocupam comigo, me disse Clara uma tarde. Pensei que se referia a seu marido e a seu filho, mas na realidade o todos abarcava muita gente mais, muito mais do que eu podia imaginar, *todos*. Na tarde anterior ao dia que ela devia ser internada, liguei. Paco atendeu, Clara não estava. Fazia dois dias que ninguém sabia nada dela. Pelo tom que Paco empregou intuí que desconfiava que podia estar comigo. Disse-lhe isso francamente: comigo não está, mas naquela noite desejei de todo o meu coração que Clara aparecesse em minha casa. Esperei-a de luzes acesas, acabei dormindo no sofá e sonhei com uma mulher lindíssima que não era Clara, uma mulher alta, de peitos pequenos, magra, com as pernas compridas, os olhos castanhos e profundos, uma mulher que nunca seria Clara e que com sua presença a eliminava, deixava-a reduzida a uma pobre quarentona trêmula e perdida.

Não veio à minha casa.

No dia seguinte tornei a ligar para Paco. Repeti a chamada dois dias depois. Clara continuava sem dar sinal de vida. Da terceira vez que liguei Paco falou do filho e se queixou da atitude de Clara. Todas as noites me pergunto onde estará, disse ele. Pelo tom da sua voz, pelo rumo que ia tomando a conversa, compreendi que ele necessitava da minha amizade, da amizade de qualquer um. Mas eu não estava em condições de lhe dar esse consolo.

Joanna Silvestri

Para Paula Massot

Aqui estou eu, Joanna Silvestri, trinta e sete anos, atriz pornô, prostrada na Clínica Os Trapézios, de Nîmes, vendo as tardes passar e ouvindo as histórias de um detetive chileno. Quem será que esse homem está procurando? Um fantasma? Eu de fantasmas sei muito, disse a ele na segunda tarde, a última em que veio me visitar, e ele compôs um sorriso de rato velho, rato velho que assente sem entusiasmo, rato velho inverossimilmente educado. De qualquer modo, obrigada pelas flores, obrigada pelas revistas, mas quase não me lembro mais da pessoa que o senhor procura, disse eu. Não se esforce, disse ele, tenho tempo. Quando um homem diz que tem tempo já está no papo (e então não importa se tem ou não tem tempo) e você pode fazer o que quiser com ele. Claro, não é bem assim. Às vezes fico recordando os homens que tive a meus pés e fecho os olhos e quando os abro as paredes do quarto estão pintadas com outras cores, não o branco osso que vejo todos os dias, mas um vermelhão estriado, azul náusea, como os quadros do pintor Attilio Corsini, uma nulidade. Uma nulidade de quadros que você preferiria não recordar e que no entanto recorda e que empurram, como uma lavagem, outras recordações, estas mais para o sépia, que fazem com que as tardes tremam ligeiramente, e que a princípio são difíceis de suportar mas depois são até divertidas. Os homens que tive a meus pés na realidade são poucos, dois ou três, e sempre acabaram nas minhas costas, mas esse é o destino universal. E isso eu não disse ao detetive chileno, embora naquele momento fosse o que eu estava pensando e gostaria de ter compartilhado com ele, um homem que eu nunca tinha visto na vida. E como para reparar essa falta de delicadeza tratei-o por detetive, talvez eu tenha mencionado a solidão e a inteligência, e embora ele tenha se apressado a dizer não sou detetive, madame Silvestri, notei que havia gostado de eu tê-lo chamado assim e apesar de aparentemente não ter se alterado notei o bater de asas, como se um passarinho houvesse passado por sua cabeça. E uma coisa puxava outra: eu não disse a ele o que pensava, disse uma coisa que sabia iria lhe agradar. Disse uma coisa que sabia iria lhe trazer boas recordações. Como se alguém agora, de preferência um desconhecido, me falasse do Festival do Filme Pornográfico de Civitavecchia e da Feira do Cinema Erótico de Berlim, da Exposição de Cinema e Vídeo Pornográfico de Barcelona, e evocasse meus sucessos, inclusive meus sucessos inexistentes, ou falasse de 1990, o melhor ano da minha vida, quando viajei a Los Angeles, quase à força, um voo Milão-Los Angeles que eu previa exaustivo e que pelo contrário passou como um sonho, como o sonho que tive no avião, deve ter sido atravessando o Atlântico, sonhei que o avião se dirigia a Los Angeles mas tomando a rota do Oriente, com escalas na Turquia, Índia, China, e do avião, que não sei por que voava a tão baixa altitude (sem que por isso em nenhum momento os passageiros corressem perigo), podia ver caravanas de trem, mas caravanas compridas mesmo, um movimento ferroviário enlouquecido e no entanto preciso, como um enorme relógio estendido por aquelas terras que não conheço (se descontar uma viagem à Índia em 1987 da qual é melhor não me lembrar), carregando e descarregando gente e mercadorias, tudo muito nítido, como se eu estivesse vendo um desses desenhos animados com os quais os economistas explicam o estado das coisas, seu nascimento, sua morte, seu movimento inercial. E quando cheguei a Los Angeles me esperava no aeroporto Robbie Pantoliano, irmão de Adolfo Pantoliano, e assim que eu vi Robbie me dei conta de que ele era um cavalheiro, o oposto do seu irmão Adolfo (que Deus o tenha na Glória ou no Purgatório, a ninguém desejo o Inferno), e na saída me esperava uma limusine dessas que só se veem em Los Angeles, nem mesmo em Nova York tem, só em Beverly Hills ou no condado de Orange, e depois me levaram até o apartamento que haviam alugado para mim, um apartamento pequenino mas delicioso perto da praia, e Robbie e seu secretário Ronnie ficaram comigo para me ajudar a desfazer as malas (embora eu tivesse jurado que preferia desfazê-las sozinha) e a me explicar como funcionava o apartamento, como se acreditassem que eu não sabia o que era um micro-ondas, os americanos às vezes são assim, tão amáveis que chegam a ser mal-educados, depois puseram um vídeo para que eu visse meus colegas, Shane Bogart, que eu já conhecia de um filme que fiz para o irmão de Robbie, Bull Edwards, esse eu não conhecia, Darth Krecick, o nome não me era estranho, Jennifer Pullman, outra desconhecida, e mais uns três ou quatro, e depois Robbie e Ronnie foram embora e eu fiquei sozinha e tranquei as portas com chave e ferrolho, como eles insistiram que eu fizesse, e depois tomei um banho de banheira, enfiei um roupão preto, procurei um filme antigo na tevê, algo que acabasse de me acalmar e não sei em que momento, sem me levantar do sofá, adormeci. No dia seguinte começamos a rodar. Como era diferente de tudo que eu me lembrava. Ao todo fizemos quatro filmes em duas semanas, mais ou menos com a mesma equipe, e trabalhar sob as ordens de Robbie Pantoliano era como brincar e trabalhar ao mesmo tempo, era como fazer um passeio no campo, desses que às vezes os burocratas ou os empregados de escritório fazem, sobretudo em Roma, uma vez por ano vão todos comer no campo e esquecer os problemas do escritório, mas aquilo era melhor, o sol era melhor, os apartamentos eram melhores, o mar, as amigas reencontradas, a atmosfera que se respirava durante a filmagem, licenciosa mas fresca, como deve ser, e acho que eu, Shane Bogart e outra moça comentamos isso, essa mudança que tinha se produzido, e eu a princípio, claro, a atribuí à morte de Adolfo Pantoliano, que era um gigolô e um traficante da pior espécie, um cara que não respeitava nem suas pobres putas maltratadas, o desaparecimento de um escroto dessa laia por força tinha que ser notado, mas Shane Bogart disse que não, que não era isso, que a morte de Pantoliano, recebida com alegria até por seu irmão, não explicava necessariamente a grande mudança que estava se produzindo na indústria, afirmou, era antes um misto de coisas aparentemente diversas, o dinheiro, disse, a irrupção no negócio de gente proveniente de outros setores, a doença, a urgência de oferecer um produto diferente apesar de igual, e então eles começaram a falar de dinheiro e do pulo que muitos astros e estrelas pornôs estavam dando naqueles dias para o celuloide normal, mas eu já não os ouvia, pus-me a pensar sobre o que disseram da doença e em Jack Holmes, que havia sido até alguns anos antes o grande astro pornô da Califórnia, e quando terminamos aquele dia disse a Robbie e a Ronnie que gostaria de saber de Jack Holmes, se podiam me arranjar seu telefone, se ele ainda vivia em Los Angeles. Embora a princípio tenha parecido a Robbie e a Ronnie uma ideia sem pé nem cabeça, acabaram me dando o telefone de Jack Holmes e disseram que ligasse para ele se fosse essa minha vontade, mas que não tivesse grandes esperanças de ouvir alguém muito lúcido na outra ponta da linha, que não tivesse esperanças de ouvir a velha voz familiar. Naquela noite jantei com Robbie, Ronnie e Sharon Grove que agora fazia filmes de terror e inclusive afirmava que ia estar no próximo de Carpenter ou Clive Baker, o que provocou a ira de Ronnie, que não permitia esse tipo de comparações, com Carpenter só uns poucos podiam se medir, também esteve no jantar Danny Lo Bello, com o qual tive um caso quando trabalhamos juntos em Milão, e Patricia Page, sua mulher de dezoito anos que só aparecia nos filmes de Danny e que por contrato só se deixava penetrar pelo marido, com os outros o máximo que fazia era chupar o pau, mas mesmo isso fazia como que a contragosto, os diretores tinham problemas com ela, segundo Robbie mais cedo ou mais tarde Patricia ia ter que reconsiderar a profissão ou inventar com Danny números de pura dinamite. E ali estava eu, jantando num dos melhores restaurantes de Venice, contemplando o mar da nossa mesa, esgotada depois de um árduo dia de trabalho e sem prestar muita atenção na animada conversa dos meus companheiros, com a mente em Jack Holmes ou nas imagens que guardava de Jack Holmes, um sujeito muito alto e magro, de nariz comprido e braços compridos e peludos como os de um macaco, mas que tipo de macaco Jack podia ser? Um macaco no cativeiro, isso sem a menor sombra de dúvida, um macaco melancólico ou talvez o macaco da melancolia, que embora pareça ser a mesma coisa não é, e quando o jantar terminou, a uma hora em que ainda podia ligar para Jack em sua casa sem problemas, os jantares na Califórnia começam cedo, às vezes acabam antes de anoitecer, não pude aguentar mais, não sei o que aconteceu, pedi a Robbie seu celular e me retirei para uma espécie de mirante todo de madeira, uma espécie de píer de madeira em miniatura para uso exclusivo dos turistas, abaixo do qual quebravam as ondas, ondas longas, pequeninas, quase sem espuma e que demoravam uma eternidade para se desfazer, e liguei para Jack Holmes. Não esperava encontrá-lo, essa é que é a verdade. A princípio não reconheci sua voz, como Robbin tinha dito, e ele também não reconheceu a minha. Sou eu, disse, Joanna Silvestri, estou em Los Angeles. Jack ficou calado um bom momento e de repente me dei conta de que eu estava tremendo, o telefone tremia, o mirante de madeira tremia, o vento de repente era frio, o vento que passava pelos pilares do mirante, que eriçava a superfície daquelas ondas intermináveis, cada vez mais negras, e depois Jack disse quanto tempo, Joanna, fico contente em te ouvir, e eu disse também fico contente em te ouvir, Jack, e então parei de tremer e parei de olhar para baixo, olhei para o horizonte, as luzes dos restaurantes da praia, vermelhas, azuis, amarelas, luzes que à primeira vista me pareceram tristes mas ao mesmo tempo reconfortantes, e depois Jack perguntou quando vou poder te ver, Joannie, a princípio não me dei conta de que ele tinha me chamado de Joannie, por uns segundos flutuei no ar como que drogada ou como se estivesse tecendo uma crisálida ao meu redor, mas depois me dei conta e ri e Jack soube do que eu ria sem precisar perguntar e sem precisar que eu dissesse nada. Quando você quiser, Jack, respondi. Bem, disse ele, não sei se você sabe que já não estou tão em forma quanto antes. Você está sozinho, Jack? Sim, disse ele, estou sempre sozinho. Então desliguei e disse a Robbie e Ronnie que me ensinassem como chegar à casa de Jack e eles disseram que o mais provável é que eu me perderia e que nem pensasse em passar a noite lá porque na manhã seguinte rodávamos cedinho e que o mais provável era que nenhum táxi quisesse me levar, Jack morava perto de Monrovia, num bangalô caindo aos pedaços de tão velho e malcuidado, e eu disse a eles que contava ir naquela noite custasse o que custasse, e Robbie me disse pegue meu Porsche, eu te empresto com a condição de que amanhã você chegue na hora marcada, e eu dei um beijo em Robbie e Ronnie e entrei no Porsche e comecei a percorrer as ruas de Los Angeles que naquele preciso momento começavam a cair sob a noite, sob o manto da noite, como numa canção de Nicola di Bari, sob as rodas da noite, e não quis pôr música apesar de Robbie ter um aparelho de CD digital ou a laser ou de ultrassom francamente tentador, mas eu não precisava de música, bastava-me pisar no acelerador e ouvir o ronco do carro, suponho que me perdi pelo menos uma dúzia de vezes e as horas passavam e cada vez que perguntava a alguém a melhor maneira de chegar a Monrovia eu me sentia mais livre, como se não me importasse passar a noite toda no Porsche, em duas ocasiões até me descobri cantando, e acabei chegando a Pasadena, e daí tomei a 210 até Monrovia e lá procurei durante outra hora a rua onde Jack Holmes morava, e quando encontrei seu bangalô, meia-noite passada, fiquei um instante no carro sem poder nem querer sair, me olhando no espelho, o cabelo revolto e a cara decomposta, a pintura dos olhos escorrida, a pintura dos lábios, a poeira do caminho grudada nas maçãs do rosto, como se houvesse chegado correndo e não no Porsche de Robbie Pantoliano, ou como se houvesse chorado durante o caminho, mas o caso é que meus olhos estavam secos (talvez um pouco avermelhados, mas secos) e que minhas mãos não tremiam e que eu tinha vontade de rir, como se tivessem posto alguma droga na comida na praia, e só então me dei conta de que estava drogada ou extremamente feliz e aceitava isso. Depois desci do carro, liguei o alarme, o bairro não era dos que inspiravam confiança, e me dirigi para o bangalô, que era tal como Robbie havia descrito, uma casinha que sentia falta de uma mão de tinta, um portão desconjuntado, um amontoado de tábuas a ponto de vir abaixo, mas junto das quais havia uma piscina, pequenininha mas de água limpa, isso eu notei de imediato pois a luz da piscina estava acesa, lembro que pensei pela primeira vez que Jack não me esperava ou tinha dormido, dentro da casa não havia nenhuma luz, o chão do alpendre rangeu com meus passos, não havia campainha, bati duas vezes na porta, a primeira com o nó dos dedos e depois com a palma da mão e então uma luz se acendeu, ouvi alguém dizer alguma coisa dentro da casa e depois a porta se abriu e Jack apareceu na moldura, mais alto que nunca, mais magro que nunca, e disse Joannie?, como se não me conhecesse ou como se ainda não estivesse totalmente acordado, e eu disse sim, Jack, sou eu, foi difícil te encontrar mas afinal te encontrei, e o abracei. Naquela noite conversamos até as três da manhã e durante a conversa Jack dormiu pelo menos duas vezes. Estava cansado e fraco, mas fazia esforços para manter os olhos abertos. Finalmente não aguentou mais e disse que ia se deitar. Não tenho quarto de hóspedes, Joannie, disse, então escolha: minha cama ou o sofá. Sua cama, disse eu, com você. Bem, disse ele, vamos lá. Pegou uma garrafa de tequila e fomos para seu quarto. Acho que fazia anos que eu não via um quarto tão desarrumado. Você tem despertador?, perguntei. Não, Joannie, nesta casa não tem relógio, falou. Depois apagou a luz, tirou a roupa e se enfiou na cama. Eu o observava, de pé, sem me mexer. Depois fui até a janela e abri as cortinas, confiando em que a luz do amanhecer serviria de despertador. Quando entrei na cama Jack parecia estar dormindo, mas não estava, ainda tomou mais um gole de tequila e depois disse algo que não entendi. Passei minha mão por seu ventre e o acariciei até ele dormir. Depois desci um pouco mais e toquei seu pau, grande e frio como uma jiboia. Algumas horas depois acordei, tomei uma chuveirada, preparei o café da manhã e até tive tempo de arrumar um pouco a sala e a cozinha. Tomamos o desjejum na cama. Jack parecia contente em me ver, mas só tomou café. Disse-lhe que eu voltaria naquela tarde, que me esperasse, que desta vez chegaria cedo, e ele disse não tenho nada que fazer, Joannie, pode vir quando quiser. Percebi que aquilo era quase um convite para que eu não aparecesse nunca mais por ali, mas decidi que Jack precisava de mim e que eu também precisava dele. Com quem você está trabalhando?, perguntou. Com Shane Bogart, respondi. É um bom rapaz, disse Jack. Uma vez trabalhamos juntos, acho que quando ele começava no ramo, é um rapaz animado, além do mais não gosta de se meter em encrencas. Sim, é um bom rapaz, disse eu. E onde vocês estão trabalhando? Em Venice? É, respondi, na velha casa de sempre. Mas você sabe que mataram o velho Adolfo? Claro que sei, Jack, aconteceu faz tempo. Não tenho trabalhado muito ultimamente, disse ele. Depois lhe dei um beijo, um beijo de colegial em seus lábios finos e ressecados, e fui embora. Desta vez a viagem foi muito mais rápida, o sol das manhãs da Califórnia, um sol que tem algo de metálico nas bordas, corria comigo. E a partir de então, depois de cada sessão de trabalho, eu ia para a casa de Jack ou saíamos juntos, Jack tinha uma picape velha e eu aluguei um Alfa Romeo de dois lugares no qual costumávamos fazer longos passeios, até as montanhas, até Redlands, e depois pela 10 até Palm Springs, Palm Desert, Indio, até chegar ao Salton Sea, que é um lago e não um mar, e além do mais um lago feioso, onde comíamos comida macrobiótica que era a comida que naquela época Jack consumia, dizia que por causa da sua saúde, e um dia pisamos no acelerador do meu Alfa Romeo até Calipatria, a sudeste do Salton Sea, e fomos visitar um amigo de Jack que vivia num bangalô em condições ainda piores que o de Jack, um sujeito chamado Graham Monroe mas a quem Jack e a mulher de Graham chamavam de Mescalito, não sei por quê, talvez por sua queda pelo mescal, embora a única coisa que beberam enquanto estivemos lá tenha sido cerveja (eu não, porque cerveja engorda), e depois ficaram tomando sol nos fundos do bangalô e banho de mangueira, e eu pus um biquíni e fiquei observando os três, eu prefiro não tomar muito sol, tenho a pele muito branca e gosto de cuidar bem dela, mas embora me mantivesse à sombra e não deixasse que me molhassem com a mangueira eu gostava de ficar ali, olhando para Jack, vendo suas pernas que estavam muito mais magras do que eu me lembrava, vendo seu tórax que parecia ter afundado um pouco mais, só o pau era o mesmo, só os olhos eram os mesmos, mas não, na realidade só a grande máquina perfuradora como diziam na propaganda dos seus filmes, a pica que havia destroçado o cu de Marilyn Chambers, era a mesma, o resto, olhos incluídos, estava se apagando à mesma velocidade com que meu Alfa Romeo percorria o vale de Aguanga ou o Desert State Park iluminados pela luz de um domingo agonizante. Acho que fizemos amor um par de vezes. Jack tinha perdido o interesse. Segundo ele, depois de tantos filmes agora estava seco. Você é o primeiro homem que me diz isso, disse a ele. Gosto de ver televisão, Joannie, e ler livros de mistério. De medo? Não, de mistério, disse ele, de detetives, se possível aqueles em que no fim o herói morre. Esses livros não existem, falei. Claro que existem, menina, são livros baratos e antigos e se compram aos montes. Na realidade não vi livros em sua casa, salvo um manual médico e três desses livros baratos a que Jack se referia e que, parece, volta e meia relia. Uma noite, talvez a segunda que passei em sua casa, ou a terceira, Jack era lento como um caracol no que diz respeito às confidências ou às revelações, enquanto tomávamos um vinho à beira da piscina ele me disse que o mais provável era que morresse logo, você sabe como é, Joannie, quando chegou a hora, chegou a hora. Senti vontade de gritar que fizesse amor comigo, que nos casássemos, que tivéssemos um filho ou que adotássemos um órfão, que comprássemos um animal de estimação e um trailer e saíssemos viajando pela Califórnia e pelo México, suponho que eu estava meio de pileque e cansada, naquele dia o trabalho com certeza tinha sido exaustivo, mas não disse nada, só me remexi inquieta na minha espreguiçadeira, contemplei o gramado que eu mesma havia cortado, tomei mais vinho, esperei as palavras seguintes de Jack, as que por força tinham que vir, mas ele não falou mais nada. Naquela noite fizemos amor pela primeira vez depois de tanto tempo. Demorou muito para pôr Jack em marcha, seu corpo já não funcionava, só sua vontade funcionava, e apesar de tudo ele insistiu em pôr uma camisinha, uma camisinha para a pica de Jack, como se uma camisinha pudesse contê-la, mas isso pelo menos serviu para que ríssemos um bocado, afinal, os dois de lado, ele enfiou seu grande e grosso pau flácido entre minhas pernas, abraçou-me docemente e dormiu, eu ainda demorei bastante para dormir e pela cabeça me passaram as ideias mais esquisitas, por momentos eu me sentia triste e chorava sem fazer barulho, para não acordá-lo, para não quebrar nosso abraço, por momentos eu me sentia feliz e também chorava, soluçando, sem a menor discrição, apertando entre minhas coxas o pau de Jack e escutando sua respiração, dizendo a ele: Jack, você está fingindo que está dormindo, eu sei, Jack, abra os olhos e me beije, mas Jack continuava dormindo ou fingindo dormir e eu continuava vendo como no cinema as ideias que me passavam pela cabeça, como um arado, como um trator vermelho a cem por hora, muito rápidas, quase sem tempo para refletir, se é que então eu teria desejado refletir, coisa que obviamente não fazia parte dos meus planos, e por momentos nem chorava nem me sentia triste ou feliz, só me sentia viva e o sentia vivo, e embora tudo tivesse um fundo como que de teatro, como que de farsa amável, inocente, oportuna até, eu sabia que aquilo era verdadeiro, que valia a pena, e depois enfiei a cabeça debaixo do seu pescoço e adormeci. Um dia Jack apareceu na filmagem. Eu estava de quatro e, enquanto chupava a pica de Bull Edwards, Shane Bogart me sodomizava. A princípio não percebi que Jack tinha entrado no set, estava concentrada no que fazia, não é fácil gemer com um pau de vinte centímetros entrando e saindo da sua boca, algumas mulheres muito fotogênicas se decompõem quando dão uma chupada, ficam horríveis, entregues demais talvez, já eu gosto que se veja bem meu rosto. Bom, eu estava concentrada no trabalho e, além do mais, devido à minha posição, não conseguia ver o que acontecia em torno, porém Bull e Shane, que estavam de joelhos mas com os torsos eretos e as cabeças erguidas, se deram conta de que Jack acabava de entrar e seus paus endureceram quase de imediato, e não só Bull e Shane, o diretor, Randy Cash e Danny Lo Bello e sua mulher e Robbie e Ronnie e os eletricistas e todo mundo, creio eu, menos o câmera, que se chamava Jacinto Ventura e era um rapaz muito alegre e muito profissional e que além disso não podia literalmente tirar os olhos da cena que estivesse filmando, todos, dizia eu, exprimiram de alguma maneira a presença inesperada de Jack e o silêncio se fez então no set, não um silêncio pesado, não um desses silêncios que pressagiam as más notícias, mas um silêncio luminoso, se assim posso chamar, um silêncio de água que cai em câmara lenta, e eu senti esse silêncio, e pensei deve ser porque estou me sentindo tão bem, porque são tão bons estes dias na Califórnia, mas também senti algo mais, algo indecifrável que se aproximava precedido pelas batidas ritmadas das cadeiras de Shane nas minhas nádegas, pelas suaves investidas de Bull nos meus lábios, e então soube que alguma coisa estava acontecendo no set, mas não ergui o olhar, e soube também que estava acontecendo alguma coisa que tinha a ver comigo e que afetava unicamente a mim, como se a realidade se houvesse trincado, uma trinca de um extremo a outro, parecida com a cicatriz que fica depois de certas operações, do pescoço até a virilha, uma cicatriz grossa, rugosa, dura, mas aguentei firme e continuei representando até que Shane tirou seu pau do meu cu e gozou nas minhas nádegas e até que Bull pouco depois o seguiu e ejaculou na minha cara. Então me viraram e fiquei de boca para cima e pude ver seus rostos, extremamente concentrados no que faziam, muito mais que de costume, e enquanto me acariciavam e me diziam palavras carinhosas eu pensei está acontecendo alguma coisa, com certeza no set tem alguém da indústria, um peixe graúdo de Hollywood, e Bull e Shane perceberam e estão atuando para ele, e me lembro que olhei com o rabo dos olhos para as silhuetas que nos rodeavam na zona de sombra, todas imóveis, todas petrificadas, foi exatamente isso que pensei: ficaram petrificados, deve ser um produtor muito importante, mas continuei sem me alterar, eu, ao contrário de Bull e Shane, não tinha ambições a esse respeito, suponho que é uma coisa inerente ao fato de ser europeia, nós europeus vemos isso de outra maneira, mas também pensei: pode ser que não seja um produtor, pode ser que tenha entrado um anjo no set, e justo então o vi. Jack estava ao lado de Ronnie e sorria para mim. E então vi os outros, Robbie, os eletricistas, Danny Lo Bello e sua mulher, Jennifer Pullman, Margo Killer, Samantha Edge, dois caras de terno escuro, Jacinto Ventura que não estava com a cabeça metida na câmera e só então me dei conta de que não estavam mais filmando, mas durante um segundo ou um minuto todos permanecemos estáticos, como se houvéssemos perdido a fala e a capacidade de nos mexer, e o único que sorria (mas também não falava) era Jack, e com sua presença parecia santificar o set, ou pensei isso depois, muito depois, quando relembrei essa cena, parecia santificar nosso filme e nosso trabalho e nossas vidas. Depois o minuto chegou ao fim, começou outro minuto, alguém disse que tinha sido perfeito, alguém trouxe roupões para Bull, para Shane, para mim, Jack se aproximou e me deu um beijo, as cenas seguintes daquele dia não me diziam respeito, disse a ele que fôssemos jantar em algum restaurante italiano, tinham me falado de um na Figueroa Street, Robbie nos convidou para a festa que um de seus novos sócios dava em sua casa, Jack parecia reticente mas por fim eu o convenci. Fomos então para minha casa no Alfa Romeo e ficamos conversando um pouco e tomando uísque, depois fomos jantar e por volta das onze da noite aparecemos na festa dos sócios de Robbie. Todo mundo estava lá, todo mundo conhecia Jack ou queria conhecê-lo e se aproximava dele. E depois Jack e eu fomos para sua casa e ficamos nos beijando na sala, vendo tevê, um filme mudo, até dormir. Ele não apareceu mais no set. Ainda trabalhei mais uma semana, mas já havia decidido ficar mais um tempo em Los Angeles quando terminasse a filmagem. Claro, tinha compromissos na Itália, na França, mas pensei que podia adiá-los ou que antes de partir podia convencer Jack a ir comigo, ele havia estado várias vezes na Itália, fez alguns filmes com Cicciolina que tiveram grande sucesso, alguns comigo, alguns com as duas, Jack gostava da Itália, uma noite falei com ele sobre isso. Mas tive que descartar a ideia, tive que arrancá-la da minha cabeça, do coração, tive que extirpar essa ideia ou essa esperança da xota, como dizem as napolitanas de Torre del Greco, e embora nunca tenha me dado por vencida, de alguma maneira que não posso explicar compreendi as razões de Jack, as sem-razões de Jack, o silêncio luminoso e fresco, lentíssimo, que o envolvia e envolvia suas poucas palavras, como se sua figura alta e magra estivesse se desvanecendo, e com ela toda a Califórnia, e apesar de que aquilo que até pouco antes eu considerava minha felicidade, minha alegria, estivesse indo embora, compreendi também que essa ida ou essa despedida era uma forma de solidificação, uma forma estranha, enviesada, quase secreta de solidificação, mas solidificação mesmo assim, e essa certeza, se assim posso chamá-la, me fazia feliz e ao mesmo tempo me fazia chorar, me fazia maquiar os olhos a cada instante e me fazia ver cada coisa com outros olhos, como se tivesse raios X, e esse poder ou superpoder me deixava nervosa, mas também me agradava, era como ser a Mulher Maravilha, a filha da rainha das amazonas, se bem que a Mulher Maravilha tinha cabelos negros e o meu é louro, e uma tarde, no quintal de Jack, vi algo no horizonte, não sei o quê, as nuvens, alguma ave, um avião, e senti tanta dor que desmaiei e perdi o controle da bexiga e quando acordei estava nos braços de Jack e então fitei seus olhos cinzentos e me pus a chorar e não parei de chorar por muito tempo. Robbie, Ronnie e Danny Lo Bello e sua mulher, que planejavam visitar a Itália dentro de uns meses, foram se despedir de mim no aeroporto. Disse adeus a Jack em seu bangalô de Monrovia. Não se levante, falei, mas ele se levantou e me acompanhou até a porta. Seja boazinha, Joannie, disse, escreva-me de vez em quando. Telefonarei para você, disse eu, o mundo não vai acabar. Ele estava nervoso e esqueceu de pôr a camisa. Eu não disse nada, peguei minha mala e depositei-a no banco do carona do Alfa Romeo. Quando me virei para vê-lo pela última vez, não sei por que pensei que ele não estaria mais lá, que o espaço que Jack ocupava junto do portãozinho de madeira desconjuntado estaria vazio, e prolonguei esse momento por medo, era a primeira vez que eu sentia medo em Los Angeles, pelo menos era a primeira vez que sentia medo naquela estada, em outras o medo e o fastio não escassearam, mas naqueles dias não, e tive raiva de sentir medo e não quis me virar antes de abrir a porta do Alfa Romeo e estar pronta para entrar nele e sair em disparada, e quando por fim abri a porta, virei-me e Jack estava ali, junto da sua porta, olhando para mim, e então eu soube que estava tudo bem, que podia partir. Que estava tudo mal, que podia partir. Que era tudo uma pena, que podia partir. E enquanto o detetive me observava com o canto dos olhos (ele faz como que olha para os pés da cama, mas sei que olha para minhas pernas, minhas compridas pernas debaixo dos lençóis) e fala de um fotógrafo que trabalhou com Mancuso e Marcantonio, um tal de R. P. English, o segundo câmera do coitado do Marcantonio, eu sei que de alguma maneira ainda estou na Califórnia, em minha última viagem à Califórnia, se bem que naqueles dias eu ainda não soubesse disso, e que Jack ainda está vivo e contempla o céu sentado à beira da sua piscina, com os pés dentro d'água ou dentro do nada, a síntese brumosa do nosso amor e da nossa separação. E o que fez o tal English?, pergunto ao detetive. Ele prefere não me responder, mas ante a firmeza do meu olhar diz: barbaridades, e depois olha para o chão, como se pronunciar essa palavra fosse proibido na Clínica Os Trapézios, de Nîmes, como se eu não houvesse sabido de barbaridades suficientes ao longo da minha vida. E tendo chegado a esse ponto eu poderia perguntar mais coisas, mas para quê, a tarde está linda demais para obrigar um homem a contar uma história que certamente será triste. E além do mais a foto que ele me mostra do suposto English é velha e desbotada, aparece nela um jovem de uns vinte e poucos anos, e o English de que me lembro é um sujeito já bastante entrado nos trinta, talvez com mais de quarenta, uma sombra definida, valha o paradoxo, uma sombra derrotada na qual não prestei muita atenção, embora seus traços tenham ficado na minha memória, os olhos azuis, as maçãs do rosto pronunciadas, os lábios cheios, as orelhas pequenas. No entanto, descrevê-lo dessa maneira é falseá-lo. Conheci R. P. English em alguma das suas múltiplas filmagens pelas terras da Itália, mas seu rosto já faz muito se instalou na zona de sombra. E o detetive me diz está bem, certo, sem pressa, madame Silvestri, pelo menos se lembra dele, isso já é alguma coisa para mim, certamente não é um fantasma. E então me sinto tentada a lhe dizer que todos somos fantasmas, que todos entramos cedo demais nos filmes dos fantasmas, mas este homem é bom e não quero molestá-lo e portanto fico calada. Além do mais, quem me garante que ele não sabe disso.

Vida de Anne Moore

O pai de Anne Moore lutou pela democracia num navio-
-hospital, no Pacífico, de 1943 a 1945. Sua primeira filha, Susan,
nasceu quando ele navegava pelo mar das Filipinas, pouco antes
de terminar a Segunda Guerra Mundial. Depois voltou para
Chicago, e em 1948 nasceu Anne. Mas o dr. Moore não gostava
de Chicago e três anos depois foi com toda a família para Great
Falls, no estado de Montana.

Foi lá que Anne cresceu, e sua infância foi sossegada mas
estranha também. Em 1958, quando tinha dez anos, viu pela
primeira vez o rosto de carvão, o rosto manchado de terra (é
assim que ela o define, indistintamente), da realidade. Sua irmã
tinha um namorado chamado Fred, de quinze anos. Numa
sexta-feira, Fred chegou à casa dos Moore e disse que seus pais
tinham viajado. A mãe de Anne disse que não achava certo deixar sozinho em casa um garoto que mal era um adolescente. O
pai de Anne opinou que Fred já era um rapazinho e que sabia
se cuidar. Naquela noite Fred jantou na casa dos Moore e
depois ficou na varanda conversando com Susan e Anne até as

dez. Antes de ir embora despediu-se da senhora Moore. O dr. Moore já tinha ido para a cama.

No dia seguinte, Susan e Anne deram uma volta pelo parque no carro dos pais de Fred. Conforme Anne me contou, o estado de espírito de Fred era notavelmente diferente do exibido na noite anterior. Ensimesmado, quase sem dizer nada salvo monossílabos, parecia ter brigado com Susan. Por um instante ficaram no carro sem fazer nada, em silêncio, Fred e Susan na frente e Anne atrás, e depois Fred propôs que fossem para sua casa. Susan não respondeu e Fred ligou o motor e deram umas voltas pelas ruas de um bairro pobre que Anne não conhecia, como se Fred tivesse se perdido ou como se, no fundo, apesar de tê-las convidado, na realidade não quisesse levá-las para sua casa. Durante o trajeto, lembra-se Anne, Susan não olhou uma só vez para Fred, ficou o tempo todo olhando pela janela, como se as casas e as ruas que iam se sucedendo lentamente fossem um espetáculo único. Fred, a vista cravada na frente, também não olhou uma só vez para Susan. Tampouco pronunciaram uma só palavra nem olharam para ela, no banco de trás, embora uma vez, uma só, a menina que Anne era então captou o fulgor dos olhos de Fred, que a observou brevemente pelo retrovisor.

Quando por fim chegaram à casa, nem Fred nem Susan mostraram a intenção de descer. Até a forma como Fred parou o carro, pegado ao meio-fio e não na garagem, convidava a uma certa provisoriedade dos atos, a uma interrupção da continuidade. Como se ao parar o carro dessa forma Fred nos permitisse e permitisse a si mesmo um tempo extra para pensar, lembra-se Anne.

Depois (mas Anne não lembra quanto tempo passou) Susan desceu do carro, mandou que ela também descesse, pegou-a pela mão e se foram dali sem se despedir. Quando estavam a vários metros de distância, Anne se virou e viu a nuca de Fred, no mesmo lugar, sentado ao volante, como se ainda estivesse dirigindo, a vista fixa na frente, diz Anne, mas pode ser que então estivesse com os olhos fechados ou pode ser que os houvesse semicerrado ou que olhasse para o chão ou que estivesse chorando.

Voltaram para casa andando e Susan, apesar das perguntas, não quis dar nenhuma explicação da sua atitude. Nesta tarde Anne não teria estranhado ver Fred aparecer no jardim da sua casa. Em outras ocasiões tinha sido testemunha de brigas entre ele e sua irmã mais velha e o rancor nunca foi duradouro. Mas Fred não apareceu naquele sábado nem no domingo, e na segunda não foi à aula, conforme Susan confessaria mais tarde. Na quarta-feira a polícia deteve Fred por dirigir em estado de embriaguez na parte baixa de Great Falls. Depois de ser interrogado, dois policiais foram à sua casa e encontraram os pais mortos, a mãe no banheiro e o pai na garagem. O cadáver deste último estava parcialmente enrolado em cobertores e papelões, como se Fred pensasse em se desfazer dele nos próximos dias.

Por causa desse crime, Susan, que no início manteve uma integridade notável, entrou em depressão e por vários anos frequentou psicólogos. Anne, pelo contrário, continuou igual a sempre, embora o incidente ou a sombra do incidente fosse ressurgir no futuro de maneira intermitente. Mas pelo momento nem sequer sonhou com Fred, e se sonhou teve a cautela de esquecer o sonho, mal entrava em vigília.

Aos dezessete anos Anne foi estudar em San Francisco. Dois anos antes Susan tinha feito a mesma coisa, matriculando-se em medicina em Berkeley: dividia um apartamento com outras duas estudantes na parte sul de Oakland, perto de San Leandro, e muito de vez em quando escrevia a seus pais. Quando Anne chegou, encontrou a irmã num estado deplorável. Susan não estudava, dormia de dia e de noite desaparecia até bem entrada a manhã seguinte. Anne se matriculou em literatura inglesa e fez um curso de pintura impressionista. De tarde trabalhava numa cafeteria de Berkeley. Nos primeiros dias morou no mesmo quarto da irmã. Na realidade poderia ter continuado assim indefinidamente. Susan dormia durante o dia, nas horas em que Anne estava na universidade, de noite raramente aparecia em casa, pelo que Anne nem precisou instalar outra cama no quarto. Mas ao fim de um mês Anne foi morar na rua Hackett, em Berkeley, perto da cafeteria onde trabalhava e deixou de ver sua irmã, no entanto às vezes telefonava para ela (as outras moças do apartamento é que sempre atendiam as chamadas, lembra-se Anne) para saber como estava, para dar notícias de Great Falls, para saber se precisava de alguma coisa. As poucas vezes que falou com Susan, ela estava bêbada. Uma manhã lhe disseram que Susan não morava mais lá. Durante quinze dias procurou-a por toda Berkeley e não a encontrou. Finalmente, uma noite ligou para os pais, em Great Falls, e foi Susan que atendeu o telefone. A surpresa de Anne foi enorme. De certo modo sentiu-se enganada e traída. Susan havia abandonado definitivamente os estudos e agora queria refazer a vida numa cidade tranquila e decente, disse. Anne asseverou que qualquer coisa que ela fizesse seria bom, embora na realidade achasse que a irmã estava muito mal e que havia jogado fora boa parte da sua vida.

Pouco depois conheceu Paul, um pintor neto de anarquistas judeus russos, e foi morar com ele. Paul tinha uma casinha de dois andares, no primeiro ficava seu ateliê onde se amontoavam grandes quadros que nunca terminava e no segundo havia um quarto/sala de estar/sala de jantar muito grande, e uma cozinha e um banheiro muito pequenos. Claro, ele não era o primeiro com quem ela ia para a cama, antes havia saído com um colega de pintura impressionista que foi quem lhe apresentou Paul, e em Great Falls tinha namorado um jogador de basquete e um rapaz que trabalhava numa padaria. Por este último acreditou certo tempo estar apaixonada. Chamava-se Raymond e a padaria era do pai. Na realidade, na família de Raymond os padeiros remontavam, ininterruptamente, a várias gerações. Raymond estudava e trabalhava, mas quando se formou resolveu se dedicar à panificação em tempo integral. Segundo Anne, não era um estudante destacado, mas também não era mau aluno. O que mais lembra de Raymond, do Raymond daqueles anos, é seu orgulho no tocante ao seu ofício e ao ofício da família, num lugar onde as pessoas certamente se orgulham de muitas coisas, menos de ser padeiro.

A relação entre Anne e Paul foi peculiar. Anne tinha dezessete anos, logo faria dezoito, e Paul tinha vinte e seis. Na cama, tiveram problemas desde o início. No verão Paul costumava ser impotente, no inverno tinha ejaculação precoce, no outono e na primavera o sexo não lhe interessava. É o que Anne conta e também diz que nunca até então havia conhecido alguém tão inteligente. Paul sabia tudo, sabia pintura, história da pintura, literatura, música. Às vezes era insuportável, mas também sabia quando era insuportável e tinha então a virtude de se trancar no ateliê e pintar o tempo todo em que estivesse insuportável; quando voltava a ser o Paul de sempre, encantador, conversador, carinhoso, parava de pintar e ia com Anne ao cinema ou ao teatro ou às inúmeras conferências e recitais que eram dados então em Berkeley e que pareciam preparar o espírito das pessoas para os anos decisivos que se aproximavam. A princípio viviam do que Anne ganhava na cafeteria e de uma bolsa que Paul tinha. Um dia, porém, resolveram viajar ao México e Anne largou o trabalho.

Estiveram em Tijuana, em Hermosillo, em Guaymas, em Culiacán, em Mazatlán. Pararam aí e alugaram uma casinha perto da praia. Todas as manhãs tomavam banho de mar, de tarde Paul pintava e Anne lia, e de noite iam a um bar americano, o único de lá, chamado The Frog, frequentado por turistas e estudantes da Califórnia, onde ficavam bebendo até altas horas da noite e conversando com pessoas a quem normalmente nem teriam dirigido a palavra. No The Frog compravam maconha de um mexicano magrelo que andava sempre vestido de branco e que não deixavam entrar no bar, que esperava os fregueses dentro de seu carro estacionado do outro lado da rua, junto de uma árvore seca. Para lá dessa árvore não havia nenhum prédio, só a escuridão, a praia e o mar.

O magrelo se chamava Rubén e às vezes trocava a maconha por cassetes de música que ele experimentava no próprio toca-fitas do carro. Não demoraram a ficar amigos. Uma tarde, quando Paul pintava, apareceu na casinha da praia e Paul pediu que posasse para ele. A partir desse momento nunca mais tiveram que pagar a maconha que consumiam, mas às vezes Rubén chegava de manhã e só ia embora tarde da noite, o que para Anne era incômodo, pois não apenas tinha que cozinhar para mais um como, em sua opinião, o mexicano tirava a intimidade da vida paradisíaca que haviam planejado ter.

A princípio Rubén só falava com Paul, como se intuísse que sua presença não era grata a Anne, mas com o passar dos dias se tornaram amigos. Rubén falava um pouco de inglês, e Anne e Paul praticavam com ele o rudimentar espanhol que já sabiam. Uma tarde, quando tomavam banho de mar, Anne sentiu que Rubén tocava suas pernas debaixo d'água. Paul estava na praia, olhando para eles. Ao voltar à tona Rubén olhou-a nos olhos e disse que estava apaixonado por ela. Nesse mesmo dia, souberam mais tarde, morreu afogado um rapaz que costumava ir ao The Frog e com o qual eles haviam conversado uma ou duas vezes.

Pouco depois voltaram a San Francisco. Aquela foi uma boa época para Paul. Fez um par de exposições, vendeu alguns quadros e sua relação com Anne se estabilizou mais do que já estava. No fim do ano os dois viajaram para Great Falls e passaram o Natal na casa dos pais de Anne. Paul não gostou dos pais de

Anne, mas se entendeu bem com Susan. Uma noite Anne acordou e não encontrou Paul na cama. Saiu a procurá-lo e ouviu vozes na cozinha. Ao descer encontrou Paul e Susan falando de Fred. Paul ouvia e fazia perguntas e Susan contava novamente, mas de diferentes perspectivas, o último dia que havia passado com Fred, dando voltas de carro pelos piores bairros de Great Falls. Anne lembra que a conversa que a irmã e seu namorado mantinham lhe pareceu extremamente artificial, como se estivessem girando em torno do enredo de um filme e não de algo que havia sucedido na vida real.

No ano seguinte Anne abandonou a universidade e passou a ser companheira de Paul em tempo integral. Comprava as telas, os chassis, a tinta, preparava almoço e jantar, lavava roupa, varria e limpava o chão, lavava os pratos, fazia tudo o que podia para que a vida de Paul fosse a mais parecida possível com um remanso de paz e de criação. Sua vida de casal não era satisfatória. Sexualmente Paul estava cada dia pior. Na cama Anne não sentia mais nada e chegou a pensar que talvez fosse lésbica. Naquela época conheceram Linda e Marc. Linda, como Rubén em Mazatlán, ganhava a vida vendendo drogas e às vezes escrevia histórias infantis que nenhuma editora aceitava publicar. Marc era poeta, ou pelo menos era o que Linda dizia. Naquele tempo, salvo raras exceções, Marc passava o dia trancado em casa ouvindo rádio e vendo televisão. De manhã ia comprar três ou quatro jornais e às vezes ia à universidade, onde se encontrava com ex-colegas ou assistia às aulas de renomados poetas que aportavam em Berkeley para um ou dois cursos. Mas o resto do tempo, lembra-se Anne, ele passava trancado em casa ou em seu quarto se Linda tinha visitas, ouvindo rádio ou vendo tevê e esperando a Terceira Guerra Mundial estourar.

A carreira de Paul, ao contrário do que Anne esperava, de repente estancou. Tudo aconteceu rápido demais. Primeiro perdeu a bolsa, depois os galeristas da região da baía de San Francisco deixaram de se interessar por seus quadros, finalmente parou de pintar e começou a estudar literatura. Às tardes, Paul e Anne iam à casa de Linda e Marc e passavam horas falando da guerra do Vietnã e de viagens. Apesar de Paul e Marc nunca terem chegado a ser muito amigos, eram capazes de ficar juntos horas a fio lendo poemas um para o outro (Paul, lembra-se Anne, começou por essa época a escrever versos inspirados em William Carlos Williams e em Kenneth Rexroth, a quem em certa ocasião ouviram num recital em Palo Alto) e bebendo. A amizade de Anne e Linda, pelo contrário, cresceu de forma imperceptível mas segura, apesar de parecer não se basear em nada. Anne gostava da segurança de Linda, da sua independência, do seu desprezo por certas normas estabelecidas, do seu respeito por outras, da sua maneira eclética de viver.

Quando Linda ficou grávida, sua relação com Marc terminou abruptamente. Linda foi morar num apartamento da rua Donaldson e trabalhou até poucos dias ou talvez até poucas horas (Anne não se lembra) antes do parto. Marc ficou com o apartamento antigo e sua reclusão se tornou ainda mais severa. A princípio Paul continuou visitando Marc, mas em pouco tempo se deu conta de que não tinham nada a se dizer e parou de fazê-lo. Anne, pelo contrário, estreitou sua amizade com Linda, às vezes até ficava para dormir no apartamento dela, geralmente nos fins de semana, quando Linda tinha que dedicar mais tempo a atender os clientes e não podia ficar tanto quanto gostaria com o filho.

Um ano depois da sua primeira viagem ao México, Paul e Anne voltaram a Mazatlán. Desta vez a viagem foi diferente. Paul quis alugar a casinha da praia, mas ela estava ocupada e tiveram que se conformar com uma espécie de bangalô a umas três quadras de distância. Mal chegaram a Mazatlán Anne ficou doente. Teve diarreia e febre e durante três dias foi incapaz de sair da cama. No primeiro dia Paul ficou em casa cuidando dela, mas depois sumia durante horas e uma noite não veio dormir. Quem a visitou, isso sim, foi Rubén. Anne se deu conta de que uma noite atrás da outra Paul saía com Rubén e a princípio odiou o mexicano. Mas na terceira noite, quando já se sentia um pouco melhor, Rubén apareceu no bangalô às duas da manhã para saber da sua saúde. Ficaram conversando até as cinco da manhã e depois fizeram amor. Anne ainda se sentia fraca e por um momento teve a impressão de que Paul estava espiando os dois da porta entreaberta ou de uma janela, mas logo se esqueceu de tudo, diz ela, ante a doçura de Rubén e ante a duração do ato.

Quando Paul apareceu no dia seguinte, Anne lhe contou o que havia acontecido. Paul disse merda e não acrescentou outros comentários. Por um ou dois dias tentou escrever num caderno de capa preta que nunca deixou Anne ler, mas logo desistiu e passava o tempo dormindo na praia e bebendo. Algumas noites saía com Rubén como se nada houvesse acontecido, outras noites ficava em casa e duas vezes tentaram fazer amor mas o resultado deixou muito a desejar. Ela voltou a transar com Rubén. Uma vez, de noite na praia, e outra vez no quarto, quando Paul dormia no sofá da sala. Com o correr dos dias Anne notou que Rubén estava com ciúme de Paul. Mas isso só acontecia quando os três estavam juntos ou quando Anne e Rubén estavam a sós, nunca quando Rubén e Paul saíam à noite para ir aos bares de Mazatlán. Então, lembra-se Anne, pareciam irmãos.

Quando chegou o dia de partir, Anne decidiu ficar no México. Paul entendeu e não disse nada. A despedida foi triste. Rubén e ela ajudaram Paul a arrumar as malas e pô-las no carro, depois lhe deram uns presentes, Anne um velho livro de fotos e Rubén uma garrafa de tequila. Paul não tinha presentes para eles mas deu a Anne a metade do dinheiro que lhe sobrava. Quando ficaram a sós, trancaram-se no bangalô e fizeram amor três dias seguidos. Pouco depois acabou o dinheiro de Anne e Rubén voltou a vender drogas na porta do The Frog. Anne deixou o bangalô e foi morar na casa de Rubén, num bairro da cidade do qual não se via o mar. A casa pertencia à avó de Rubén, que morava nela com o filho mais velho, um pescador solteiro de uns quarenta anos, e com seu neto. As coisas rapidamente azedaram. A avó de Rubén não gostava que Anne andasse seminua pela casa. Uma tarde, quando estava no banho, o tio de Rubén entrou e lhe propôs ir para a cama com ele. Ofereceu dinheiro. Anne, claro, rejeitou a oferta, mas não com suficiente força (não queria ofendê-lo, lembra) e no dia seguinte o tio de Rubén tornou a lhe oferecer dinheiro por seus favores.

Sem saber o que estava a ponto de deflagrar, contou a Rubén tudo o que havia acontecido. Naquela noite Rubén pegou uma faca na cozinha e tentou matar o tio. Os gritos, lembra-se Anne, eram de acordar toda a vizinhança, mas surpreendentemente ninguém parece tê-los ouvido. Por sorte o tio de Rubén era mais forte e mais experiente em brigas e não demorou a desarmá-lo. Mas Rubén ainda queria brigar e atirou-lhe um vaso na cabeça. O tio se esquivou do vaso bem no momento em que a avó saía do quarto, vestindo uma camisola de um vermelho vivíssimo, algo que Anne até então nunca tinha visto, teve tanto azar que o vaso foi se espatifar em seu peito. Então o tio deu uma sova em Rubén, e depois levou a mãe ao hospital. Quando voltaram, a avó e o tio entraram sem bater no quarto em que Anne e Rubén dormiam e lhes deram um par de horas para saírem dali. Rubén estava com o corpo todo roxo e quase não podia se mexer, mas o medo que tinha do tio era tanto que em menos de duas horas tudo estava dentro do carro.

Rubén tinha família em Guadalajara e para lá se foram. Em Guadalajara só puderam ficar quatro dias. No primeiro dia dormiram na casa de uma irmã de Rubén, uma casa cheia de crianças, pequena, barulhenta e com um calor sufocante. Compartilharam o quarto com três crianças e no dia seguinte Anne resolveu ir morar numa pensão. Não tinham dinheiro, mas Rubén ainda tinha um resto de maconha e uns comprimidos de ácido que decidiu vender em Guadalajara. A primeira tentativa foi decepcionante. Rubén não conhecia Guadalajara direito e não sabia a que lugares ir para colocar sua mercadoria, e voltou para a pensão cansado e sem um tostão. Naquela noite conversaram até bem tarde e num momento de frustração Rubén perguntou a ela o que fariam se não conseguissem dinheiro para pagar a pensão e para a gasolina do carro. Anne disse (obviamente de brincadeira) que podia se prostituir. Rubén não entendeu a piada e esbofeteou-a. Era a primeira vez que um homem batia nela. Prefiro assaltar um banco, disse o mexicano e pulou em cima dela. Aquela foi uma das trepadas mais estranhas da sua vida, lembra-se Anne. As paredes da pensão pareciam feitas de carne. Carne crua e carne na chapa, indistintamente. E enquanto fodiam ela olhava para as paredes e via coisas que se mexiam, que corriam por aquela superfície irregular, como num filme de terror de John Carpenter, se bem que eu não me lembre de nenhum filme de Carpenter com essas peculiaridades.

No dia seguinte Rubén vendeu a droga que lhe restava e foram para a Cidade do México. Moraram na casa da mãe de Rubén, num bairro perto de La Villa, mais ou menos na mesma parte em que eu morava. Se naquele tempo eu tivesse te visto teria me apaixonado por você, disse a Anne muito depois. Quem sabe, respondeu Anne. E acrescentou: se naquele tempo eu houvesse sido um adolescente eu não teria me apaixonado por mim.

Por um tempo, uns dois ou três meses, Anne acreditou que estava apaixonada por Rubén e que ficaria no México para sempre. Mas um dia telefonou para os pais, pediu dinheiro para uma passagem de avião, despediu-se de Rubén e voltou para San Francisco. Morou no apartamento de Linda até conseguir um emprego de garçonete. Quando Anne voltava do trabalho, às vezes Linda ainda estava acordada e ficavam conversando até tarde. Algumas noites falaram de Paul e de Marc. Paul morava sozinho e tinha voltado a pintar porém muito menos do que antes e não tinha a mínima esperança de expor seus quadros. Segundo Linda, o que acontecia com os quadros de Paul é que eram muito ruins. Marc continuava trancado em casa, ouvindo rádio e vendo todos os noticiários da tevê e quase não tinha mais amigos. Alguns anos depois, lembra-se Anne, Marc publicou um livro de poesia que teve certo sucesso entre os estudantes de Berkeley e deu recitais e participou de algumas conferências. Parecia o momento ideal para que conhecesse uma moça e voltasse a viver com alguém, mas quando passou o barulho inicial Marc voltou a se trancar em casa e dele nunca mais se ouviu falar.

Depois Linda se juntou com um sujeito chamado Larry e Anne alugou um pequeno apartamento em Berkeley, perto da cafeteria. As coisas iam aparentemente bem, mas Anne sabia que estava a ponto de estourar. Percebia isso em seus sonhos, cada vez mais estranhos, em seu estado de ânimo que por então se fez propenso à melancolia, em seu humor, instável, caprichoso. Naqueles dias saiu com uns poucos rapazes, mas a experiência foi decepcionante. Às vezes ia ver Paul, mas logo interrompeu as visitas pois os encontros começavam bem mas quase sempre terminavam em cenas violentas (Paul rasgando seus desenhos, talvez um quadro) ou com crises de lágrimas, autorrecriminações e tristeza. Às vezes pensava em Rubén e ria de quão ingênua tinha sido. Um dia conheceu um rapaz chamado Charles e viraram amantes.

Charles era o exato contrário de Paul, lembra-se Anne, mas no fundo eles se pareciam como duas gotas d'água. Charles era negro e não tinha nenhum tipo de renda. Gostava de falar e sabia ouvir. Às vezes passavam a noite toda fazendo amor e conversando. Charles gostava de falar da sua infância e da sua adolescência, como se pressentisse nelas um segredo que havia passado em branco. Anne, pelo contrário, preferia falar do que estava acontecendo naquele preciso momento da sua vida. E também gostava de falar dos seus temores, da explosão que espreitava emboscada detrás de um dia qualquer. Na cama, lembra-se Anne, as relações foram tão insatisfatórias como sempre. Nos primeiros dias, talvez pela novidade, a experiência foi agradável, uma ou outra noite talvez até arrebatadora, mas depois tudo voltou a ser como sempre. Neste ponto Anne cometeu o que, visto de certa perspectiva, considera um erro monumental. Disse a Charles o que acontecia com ela na cama, o que sentia com todos os homens com quem tinha transado, inclusive ele. Charles a princípio não soube o que dizer, mas com o correr dos dias sugeriu que, já que não sentia nada, podia pelo menos tirar algum proveito material da sua situação. Anne levou uns dias para compreender que o que Charles lhe sugeria era que ela se dedicasse à prostituição.

Provavelmente aceitou pela ternura que Charles lhe inspirava naqueles dias. Ou porque tenha lhe parecido emocionante experimentar. Ou porque supôs que aquilo aceleraria a explosão. Charles comprou para ela um vestido vermelho e sapatos de salto alto da mesma cor e para si uma pistola porque considerava, foi o que disse a Anne, que um cafetão sem pistola não era nada. Anne viu a pistola quando iam de carro, de Berkeley a San Francisco, ao abrir o porta-luvas para procurar alguma coisa, cigarros talvez, e se assustou. Charles garantiu que não tinha por que se assustar, que a pistola era um seguro de vida para ela e para ele. Depois Charles lhe mostrou o hotel aonde devia levar os clientes, deu umas voltas com ela pelo bairro e deixou-a na entrada de um bar onde os caras costumavam ir procurar mulheres. Ele foi provavelmente para outro bar, divertir-se com seus amigos, mas disse a Anne que ia estar permanentemente de olho.

Nunca na vida, lembra-se Anne, tinha sentido tanta vergonha como quando entrou no bar e sentou ao balcão, sabendo que estava ali à caça de seu primeiro cliente e sabendo que todos os que estavam no bar sabiam. Odiou o vestido vermelho, odiou os sapatos vermelhos, odiou a pistola de Charles, odiou a explosão que se anunciava mas que nunca vinha. Teve no entanto forças para pedir um martíni duplo e suficiente inteireza para pôr-se a conversar com o garçom. Falaram do tédio. O garçom parecia saber muito sobre o tema. Pouco depois se juntou à conversa um homem de uns cinquenta anos, parecido com seu pai, só que mais baixo e mais gordo, de cujo nome Anne não se lembra ou talvez nunca tenha sabido, mas que chamaremos de Jack. Este pagou a bebida de Anne e depois convidou-a para sair. Quando Anne já ia descer do tamborete, o garçom se aproximou e disse que tinha uma coisa importante a lhe comunicar. Anne pensou que tinha lhe ocorrido algo sobre o tédio e queria lhe dizer no ouvido. Na verdade, o garçom se espichou desde o outro lado do balcão e sussurrou em seu ouvido que nunca mais voltasse a pisar naquele bar. Quando o garçom voltou à sua posição normal, ele e Anne se olharam nos olhos, Anne disse está bem e saiu. O homem que parecia seu pai a esperava na calçada. Foram no carro dele ao hotel que Charles tinha lhe assinalado previamente. Durante o curto trajeto, Anne não parou de olhar para as ruas como se fosse uma turista. Sem muita expectativa esperava avistar Charles em alguma entrada de edifício ou de um beco, mas não o viu e concluiu que certamente seu cafetão se encontrava num bar.

O encontro com o homem que se parecia com seu pai foi breve e para surpresa de Anne não careceu de ternura. Quando o homem foi embora, Anne pegou um táxi e voltou para casa. Naquela noite disse a Charles que tudo tinha acabado, que não queria voltar a vê-lo. Charles era muito jovem, lembra-se Anne, e seu maior sonho, aparentemente, era ter uma puta, mas levou a coisa bem apesar de ter estado a ponto de cair no choro. Tempos depois, quando Anne trabalhava no turno da noite numa cafeteria de Berkeley, voltou a vê-lo. Estava com uns amigos e ficaram rindo dela. Isso incomodou muito mais a Anne do que todas as brigas anteriores. Charles vestia roupa barata, era bem possível que não tivesse feito carreira no mundo da prostituição, mas Anne preferiu não perguntar.

Os anos seguintes foram bem movimentados, lembra-se Anne. Por um tempo morou com uns amigos numa cabana perto do lago Martis, voltou a transar com Paul, fez um curso de literatura criativa na universidade. Às vezes telefonava para os pais em Great Falls. Às vezes seus pais apareciam em San Francisco e passavam dois ou três dias com ela. Susan tinha se casado com um farmacêutico e agora vivia em Seattle. Paul vendia material para computadores. Às vezes Anne lhe perguntava por que não voltava a pintar e Paul preferia não responder. Também fez algumas viagens para fora do país. Esteve no México duas vezes. Viajou numa caminhonete para a Guatemala, onde a polícia a deteve por vinte e quatro horas e um dos amigos que iam com ela foi espancado. Esteve no Canadá umas cinco vezes, na região de Vancouver, na casa de uma amiga que como Linda escrevia histórias infantis e que desejava se isolar do mundo. Mas sempre voltava a San Francisco e foi lá que conheceu Tony.

Tony era coreano, da Coreia do Sul, e trabalhava numa confecção em que a maioria dos empregados eram ilegais. Era amigo de um amigo de Paul ou de Linda ou de algum colega da cafeteria de Berkeley, Anne não se lembra, só se lembra que foi amor à primeira vista. Tony era muito meigo e muito sincero, o primeiro homem sincero que Anne conheceu, tão sincero que ao saírem de um cinema (era um filme de Antonioni, era a primeira vez que iam juntos ao cinema) confessou sem nenhum rubor que tinha achado chatíssimo e que era virgem. Quando foram para a cama pela primeira vez, no entanto, Anne ficou surpresa com a sabedoria sexual demonstrada por Tony, muito melhor amante do que todos os que até então ela tivera.

Em pouco tempo se casaram. Anne nunca havia pensado em casamento, no entanto se casou para que Tony pudesse legalizar sua situação no país. Mas não se casaram na Califórnia. Empreenderam uma longa viagem a Taiwan, onde Tony tinha parentes, e foi lá que celebraram as núpcias. Depois Tony foi à Coreia visitar a família e Anne foi às Filipinas visitar uma amiga da universidade que morava havia anos em Manila, casada com um prestigioso advogado filipino. Quando voltaram para os Estados Unidos se estabeleceram em Seattle, onde Tony tinha parentes e onde, com suas economias, com as economias de Anne e com o dinheiro que seus pais deram, montou uma frutaria.

Viver com Tony, lembra-se Anne, era como viver num remanso de paz. Fora dele se desatava cada dia uma tempestade, as pessoas viviam com a ameaça constante de um terremoto pessoal, todo mundo falava de catarse coletiva, mas ela e Tony se meteram num buraco onde a serenidade era possível. Breve, diz Anne, mas possível.

Uma nota curiosa: Tony adorava filme pornográfico e costumava ir em companhia de Anne, que até então nunca havia cogitado é claro, frequentar um cinema desse tipo. Nos filmes pornográficos chocou-a o fato de que os homens sempre ejaculavam fora, nos peitos, na bunda ou na cara de suas parceiras. Nas primeiras vezes sentia vergonha de ir a esse tipo de cinema, vergonha que Tony não parecia experimentar, para ele se os filmes eram legais a gente não devia sentir nenhum tipo de pudor. Anne acabou se negando a acompanhá-lo e Tony continuou indo a esses cinemas sozinho. Outra nota curiosa: Tony era muito trabalhador, mais trabalhador (de longe) que qualquer outro amante que Anne tivera na vida. E outra: Tony jamais se irritava, jamais discutia, como se considerasse absolutamente inútil tentar que outra pessoa compartilhasse seu ponto de vista, como se acreditasse que todas as pessoas estavam extraviadas e que era muita pretensão um extraviado indicar a outro extraviado a maneira de encontrar o caminho. Um caminho que não só ninguém conhecia, mas que provavelmente nem existia.

Um dia acabou o amor de Anne por Tony e ela se foi de Seattle. Voltou a San Francisco, voltou a dormir com Paul, transou com outros homens, morou um tempo na casa de Linda. Tony estava desesperado. Todas as noites telefonava e queria saber por que ela o havia deixado. Todas as noites Anne explicava. As coisas simplesmente tinham acontecido assim, o amor acaba, talvez nem tenha sido amor o que os uniu, ela precisava de outras coisas. Por vários meses Tony continuou telefonando e perguntando pelas causas que a tinham levado a terminar o casamento. Numa ocasião uma irmã de Tony telefonou para ela e humildemente, lembra-se Anne, pediu que desse outra oportunidade a seu irmão. A irmã de Tony disse que havia telefonado para seus pais em Great Falls e que não sabia o que mais podia fazer. Anne ficou gelada com a notícia, mas ao mesmo tempo lhe pareceu de uma calidez extraordinária. Por fim a irmã de Tony se pôs a chorar, pediu desculpas por haver telefonado (já passava de meia-noite) e desligou.

Tony viajou duas vezes a San Francisco para tentar convencê-la a voltar. As conversas telefônicas foram inúmeras. Finalmente Tony pareceu aceitar o inevitável, mas continuou telefonando. Gostava de falar da viagem a Taiwan, do casamento deles, das coisas que viram, perguntava a Anne como era nas Filipinas e ele por sua vez lhe contava coisas da Coreia do Sul. Às vezes se arrependia por não ter ido com ela às Filipinas e

Anne tinha que lembrá-lo de que ela havia preferido assim. Quando Anne perguntava pela frutaria, pelo andamento do negócio, Tony respondia com monossílabos e rapidamente mudava de assunto. Uma noite a irmã de Tony telefonou novamente. A princípio Anne só ouvia um murmúrio e pediu que ela falasse mais alto. A irmã de Tony falou mais alto, só um pouquinho, e disse que Tony tinha se suicidado naquela manhã. Depois perguntou, com um tom em que não se adivinhava nem um pouquinho de rancor, se ela pensava em ir ao enterro. Anne disse que sim. Na manhã seguinte, em vez de pegar um avião para Seattle, pegou um que horas depois a deixou na Cidade do México. Tony tinha vinte e dois anos.

Durante os dias em que Anne esteve no DF eu pude, outra vez, tê-la conhecido e ter me apaixonado por ela, mas Anne duvida. Foram dias, lembra-se, inverossímeis, como se estivesse vivendo dentro de um sonho, mas apesar de tudo teve tempo para fazer turismo, isto é, visitar os museus da cidade e quase todas as ruínas pré-colombianas que ainda se mantêm no meio dos edifícios e do trânsito. Tentou encontrar Rubén, mas não o achou. Dois meses depois, pegou um avião para Seattle e foi visitar o túmulo de Tony. No cemitério, esteve a ponto de desmaiar.

Os anos seguintes foram rápidos demais. Houve homens demais, trabalho demais, tudo demais. Uma noite, quando trabalhava numa cafeteria, fez amizade com dois irmãos, Ralph e Bill. Naquela noite foi para a cama com os dois, mas enquanto fazia amor com Ralph fitava os olhos de Bill e quando fazia amor com Bill fechava os olhos e continuava vendo os olhos de Bill. Na noite seguinte Bill apareceu por lá, mas sozinho desta vez. Naquela noite foram para a cama, porém, mais do que fazer amor, conversaram. Bill era operário da construção e via o mundo com coragem e tristeza, mais ou menos da mesma maneira que Anne o contemplava. Os dois eram os mais moços de dois irmãos, os dois haviam nascido em 1948 e até fisicamente se pareciam. Não levou um mês para se decidirem a viver juntos. Naqueles dias Anne recebeu uma carta de Susan, tinha se divorciado e agora estava em tratamento para se curar de alcoolismo. Dizia na carta que uma vez por semana, às vezes mais, ia às reuniões dos alcoólatras anônimos e que aquilo estava abrindo um mundo novo para ela. Anne respondeu com um postal típico de San Francisco dizendo coisas que no fundo não sentia, mas quando terminou de escrever o postal pensou em Bill e pensou nela e lhe pareceu que por fim havia encontrado algo na vida, seu clube de alcoólatras anônimos particular, algo muito forte a que podia se agarrar, um galho alto onde podia fazer seus exercícios, seus malabarismos.

A única coisa que não gostava em sua relação com Bill era do irmão dele. Às vezes Ralph chegava à meia-noite, completamente bêbado, e tirava Bill da cama para falar dos temas mais insólitos. Falavam de uma cidadezinha de Dakota onde estiveram quando adolescentes. Falavam da morte e do que há depois da morte, nada segundo Ralph, menos que nada segundo Bill. Falavam da vida do homem, que consiste em estudar, trabalhar e morrer. Em certas ocasiões, que foram se tornando cada vez mais raras, Anne participava dessas conversas e tinha que reconhecer que gostava da inteligência de Ralph, ou da sua astúcia, para descobrir os pontos fracos da argumentação dos outros. Mas uma noite Ralph quis ir para a cama com ela e desde então a relação se tornou mais distante, até que Ralph parou de aparecer na sua casa.

Seis meses depois de estarem morando juntos foram para Seattle. Anne arranjou trabalho numa distribuidora de eletrodomésticos e Bill num edifício de trinta andares que estavam construindo. Pela primeira vez a situação econômica deles era francamente boa e Bill sugeriu que comprassem uma casa e se estabelecessem em Seattle para sempre, mas Anne preferiu adiar a compra para mais tarde e se consolaram alugando um apartamento num edifício onde só moravam três famílias que compartilhavam um esplêndido jardim. No jardim, lembra-se Anne, crescia um carvalho e uma faia e as paredes do edifício eram cobertas por trepadeiras.

Talvez tenham sido os anos mais tranquilos da sua vida nos Estados Unidos, lembra-se Anne, mas um dia se adoentou e os médicos diagnosticaram uma doença grave. Por aqueles dias, seu humor se tornou irascível e já não suportava a conversa de Bill nem de seus amigos, nem vê-lo chegar todos os dias com a roupa que usava na construção. Tampouco suportava seu próprio trabalho, de modo que um dia o deixou, enfiou a roupa numa mala e se apresentou no aeroporto de Seattle sem saber direito que tipo de avião ia pegar. De alguma maneira o que queria era voltar para Great Falls, ir para casa, falar com o pai médico, que sem dúvida saberia aconselhá-la, mas ao se ver no aeroporto tudo lhe pareceu um grande logro. Cinco horas a fio ficou sentada no aeroporto de Seattle pensando em sua vida e em sua doença e ambas lhe pareceram vazias, como um filme de terror com uma armadilha sutil, desses filmes que não parecem de terror mas que acabam obrigando o espectador a gritar ou fechar os olhos. Teria desejado chorar, mas não chorou. Deu meia-volta, voltou para sua casa de Seattle e esperou Bill regressar do trabalho. Quando ele chegou contou tudo o que havia acontecido naquele dia e pediu sua opinião. Bill disse que não conseguia entender, mas que contasse com seu apoio.

No entanto, passada uma semana as coisas tornaram a desandar. Bill e ela encheram a cara, discutiram, fizeram amor, deram voltas de carro por bairros desconhecidos e que não obstante traziam a Anne vagas lembranças. Naquela noite, lembra-se Anne, podiam ter tido em várias ocasiões um desastre de automóvel. Nos dias seguintes as coisas só pioraram. Meses depois Anne foi submetida a uma operação cujo resultado não era porém conclusivo. Por ora a doença havia sido detida, mas Anne devia continuar se medicando e submeter-se a checkups constantes. O risco de uma recorrência, segundo Anne, podia ser fatal.

Daqueles meses poucas coisas mais podem ser registradas. Anne e Bill foram passar o Natal em Great Falls. Susan recaiu na bebida. Linda continuava vendendo drogas em San Francisco e tinha uma boa situação econômica e relações sentimentais instáveis. Paul comprou uma casa e pouco depois vendeu-a, às vezes, principalmente de noite, se telefonavam e falavam como dois desconhecidos, friamente, sem tocar nunca nos temas que ao ver de Anne eram importantes. Uma noite, quando faziam amor, Bill sugeriu que tivessem um filho. A resposta de Anne foi breve e tranquila, simplesmente disse que não, que ainda era jovem demais, mas dentro de si sentiu que se punha a gritar, quer dizer sentiu, viu, a separação, a linha que delimitava o não gritar e o gritar. Foi, lembra-se Anne, como abrir os olhos dentro da maior caverna da terra. Naqueles dias teve uma recidiva e os médicos decidiram operá-la de novo. Seu ânimo decaiu, o ânimo de Bill também decaiu, havia dias que pareciam dois zumbis. A única atividade que Anne realizava com gosto era a leitura, lia tudo o que lhe caía nas mãos, sobretudo livros de ensaio e de romance americano, mas também leu poesia e livros de história. De noite não conseguia dormir e costumava ficar acordada até as seis ou as sete da manhã, e quando dormia o fazia no sofá, incapaz de entrar no quarto que compartilhava com Bill e meter-se na cama com ele. Não por rejeição, menos ainda por asco, lembra-se Anne, às vezes até entrava no quarto e ficava um instante vendo Bill dormir, mas era incapaz de deitar-se a seu lado e encontrar a paz.

Depois da segunda operação Anne voltou a pôr sua roupa e seus livros num par de malas e desta vez abandonou Seattle de verdade. Primeiro esteve em San Francisco e depois pegou um avião para a Europa.

Chegou à Espanha com o dinheiro contado para viver um par de semanas. Esteve três dias em Madri e depois veio para Barcelona. Em Barcelona tinha o endereço de um amigo de Paul, mas quando telefonou para ele ninguém atendeu. Esperou uma semana, telefonando para o amigo de Paul de manhã, de tarde e de noite, e dando longos passeios pela cidade, sempre sozinha, ou lendo sentada num banco do Parque de la Ciudadela. Morava numa pensão das Ramblas e, quando comia, o fazia em restaurantes baratos da Cidade Velha. A insônia, imperceptivelmente, desapareceu. Uma tarde telefonou para Bill a cobrar e não o encontrou. Depois telefonou para seus pais, que também não estavam. Ao sair da telefônica parou numa cabine e tornou a ligar para o amigo de Paul e ninguém atendeu. Por um instante passou-lhe pela cabeça a ideia de que estava morta, mas a descartou no ato. Uma coisa era a solidão e outra bem diferente a morte. Naquela noite, lembra-se Anne, tentou ler até tarde um livro sobre a vida de Willa Cather que Linda tinha lhe dado antes da viagem, mas o sono a venceu.

No dia seguinte telefonou a cobrar para Paul e o encontrou. Contou-lhe sobre seu amigo de Barcelona, mas não disse nada sobre sua situação econômica. Paul pensou por uns segundos e depois lhe ocorreu que Anne devia ligar para uma amiga, se bem que o termo talvez fosse excessivo, que vivia em Mallorca mas tinha uma casa na província de Girona, uma moça chamada Gloria que havia começado a estudar música depois dos quarenta anos e que agora tocava com a sinfônica de Palma ou algo assim. É possível que você também não a encontre, disse Paul, ou pelo menos é o que Anne se lembra. Depois ligou para Susan em Great Falls e pediu que lhe mandasse dinheiro em Barcelona. Susan prometeu que mandaria naquele dia mesmo. Sua voz soava estranha, como se o telefonema a houvesse surpreendido na cama ou estivesse bêbada. Esta última possibilidade alarmou Anne, pois talvez Susan se esquecesse de lhe mandar o dinheiro.

Naquela noite, de uma cabine das Ramblas ligou duas vezes para Gloria. Na segunda tentativa encontrou-a e explicou a ela toda a sua situação. Conversaram uns quinze minutos, ao fim dos quais Gloria lhe disse para ir morar em sua casa em Vilademuls, um vilarejo perto de Banyoles, Banyoles onde se localizava o famoso lago, que não se preocupasse com o dinheiro, pagaria quando conseguisse trabalho. Quando Anne perguntou de que maneira podia entrar na casa, Gloria disse que compartilhava a casa com outros dois americanos e que certamente um dos dois estaria lá quando ela chegasse. A voz de Gloria, lembra-se Anne, não era quente, não era afetada, era uma voz com um vago sotaque da Nova Inglaterra, mas soube de imediato que não era da Nova Inglaterra, era uma voz objetiva, parecida com a de Linda (menos nasal que a de Linda), a voz de uma mulher que andava sozinha. Essa imagem evoca os filmes de faroeste, onde poucas mulheres andam sozinhas, mas é a imagem que Anne empregou.

Assim, esperou em Barcelona dois dias até chegar o dinheiro de Susan, pagou a pensão e foi para Vilademuls, um vilarejo onde não viviam mais de cinquenta pessoas no inverno, algo mais de duzentas no verão, e, tal como Gloria tinha lhe assegurado, um dos americanos estava em casa e estava à sua espera. Chamava-se Dan e ensinava inglês em Barcelona, mas todos os fins de semana subia a Vilademuls e se punha a escrever romances policiais. Naquele inverno Anne saiu do vilarejo só para ir ao médico em Barcelona. Nas sextas-feiras à noite chegava Dan, às vezes Christine, a outra americana, raríssimas vezes apareciam outras pessoas, quase todas americanas, mas geralmente Dan e Christine usavam a casa para ficar sós, Dan com seus manuscritos e Christine com seu tear. No resto da semana Anne escrevia cartas, lia (no quarto de Gloria encontrou uma ampla biblioteca em inglês), fazia a faxina ou realizava consertos que a vetustez da casa exigia com frequência. Quando começou a primavera, Christine lhe arranjou um trabalho de professora numa escola de línguas de Girona e nos primeiros dias Anne compartilhou a casa com uma inglesa e uma americana, mas depois, ante as boas perspectivas do novo trabalho, resolveu alugar um apartamento em Girona. Os fins de semana, porém, passava em Vilademuls.

Por aqueles dias Bill veio visitá-la. Era a primeira vez que saía dos Estados Unidos e passou um mês viajando pela Europa. Não gostou. Também não gostou, lembra-se Anne, do ambiente de Vilademuls, apesar de Dan e Christine serem pessoas simples, na verdade Dan se parecia bastante com Bill, trabalhara um tempo na construção, tivera experiências semelhantes às de Bill e se considerava, injustificadamente, um sujeito duro. Mas Bill não gostou de Dan e provavelmente Dan também não gostou de Bill, apesar de ter evitado demonstrá-lo. O reencontro, lembra-se Anne, foi bonito e triste, mas no fundo, acrescentou, essas palavras não conseguiam definir algo indefinível. Por aqueles dias eu a vi pela primeira vez. Eu estava num bar da Rambla de Girona, no La Arcada, e vi Bill entrar e depois a vi entrar. Bill era alto, de pele bronzeada e tinha cabelos completamente brancos. Anne era alta, magra, com os pômulos erguidos e cabelos castanhos muito lisos. Sentaram ao balcão e eu a duras penas pude desviar o olhar deles. Fazia muito tempo que não via um homem e uma mulher tão bonitos. Tão seguros de si. Tão distantes e inquietantes. Todo o bar La Arcada devia ter se ajoelhado diante deles, pensei.

Pouco depois tornei a ver Bill, ele ia andando por uma rua de Girona e, claro, já não parecia tão bonito. Parecia antes com sono e com pressa. E alguns dias mais tarde, quando descia da minha casa em La Pedrera, avistei Anne. Ela subia e por uns segundos nos olhamos. Naquela época, lembra-se Anne, tinha saído da escola de línguas e dava aulas particulares de inglês e estava ganhando bastante bem. Bill tinha ido embora e ela morava em frente ao bar Freaks e ao cinema Ópera, na parte velha de Girona.

Acho que foi a partir de então que começamos a nos encontrar com frequência. E, embora não nos falássemos, nos reconhecíamos. Suponho que em algum momento, tal como costumam fazer os moradores de uma cidade pequena, começamos a nos cumprimentar.

Uma manhã, quando eu conversava na Rambla com Pep Colomer, um velho pintor de Girona, Anne parou e falou comigo pela primeira vez. Não me lembro o que foi que nos dissemos, talvez nosso nome, nosso país de origem, acabei convidando-a para jantar aquela noite na minha casa. Era Natal ou faltava pouco e preparei uma pizza e comprei uma garrafa de vinho. Conversamos até bem tarde. Foi então que Anne me contou que estivera no México várias vezes. Em geral, suas aventuras se pareciam muito com as minhas. Anne acreditava que isso se devia a que uma vida, ou uma juventude, o que fosse, sempre se parecia com a outra, embora existissem diferenças outras e até antagônicas. Preferi pensar que de alguma maneira ela e eu havíamos percorrido o mesmo mapa, as mesmas guerras floridas, uma educação sentimental comum. Às cinco da manhã, talvez mais tarde, fomos para a cama e fizemos amor.

De repente Anne se tornou algo importante na minha vida. O sexo foi o pretexto das duas primeiras semanas, mas logo compreendi que acima de nossos encontros amorosos o que realmente nos atraía um ao outro era a amizade. Naquela época costumava ir à sua casa por volta das oito da noite, quando ela acabava sua última aula particular, e ficávamos conversando até a uma ou as duas. No meio da conversa, ela preparava sanduíches e abríamos uma garrafa de vinho, e ouvíamos música ou descíamos ao Freaks para continuar bebendo e conversando. Na porta desse bar se juntavam muitos dos junkies de Girona, e não era estranho ver perambulando pelos arredores os barras-pesadas locais, mas Anne costumava se lembrar dos barras-pesadas de San Francisco, gente barra-pesada mesmo, e eu costumava me lembrar dos da Cidade do México e ríamos muito, embora agora, na verdade, não sei do que ríamos, talvez de estar vivos, só isso. Às duas da manhã nos despedíamos e eu subia até minha casa no alto de La Pedrera.

Uma vez eu a levei ao médico, à Clínica Dexeus, em Barcelona. Naquele tempo eu saía com outra garota e Anne saía com um arquiteto de Girona, mas não me espantou (me lisonjeou) que ao entrar na sala de espera me sussurrasse que provavelmente me tomariam por seu marido. Uma vez fomos juntos a Vilademuls. Anne queria que eu conhecesse Gloria, mas Gloria não apareceu naquele fim de semana. Em Vilademuls, no entanto, descobri uma coisa de que até então só desconfiava: Anne podia ser diferente, podia ser outra. Foi um fim de semana atroz. Anne bebia sem parar. Dan entrava e saía do seu quarto sem dar maiores explicações (estava escrevendo) e eu tive que suportar uma ex-aluna catalã de Christine ou de Dan, a típica imbecil de Barcelona ou de Girona que era mais americana que os americanos.

No ano seguinte Anne viajou para os Estados Unidos. Ia ver os pais e a irmã em Great Falls e depois iria a Seattle ver Bill. Recebi um postal de Nova York, depois um postal de Montana, mas nenhum postal de Seattle. Mais tarde recebi uma carta de San Francisco em que me contava que seu encontro com Bill havia sido desastroso. Imaginei-a escrevendo a carta no apartamento de Linda ou no apartamento de Paul, bebendo, talvez chorando, se bem que Anne não costumava chorar.

Quando voltou, trouxe algumas coisas dos Estados Unidos. Uma tarde mostrou-as a mim: eram os diários que havia começado a escrever pouco depois da sua chegada a San Francisco até pouco depois do seu primeiro encontro com Bill e Ralph. Ao todo, trinta e quatro cadernos de pouco menos de cem folhas escritas nas duas faces com uma caligrafia pequena e rápida e em que não escasseavam os desenhos, os projetos (projetos de quê, perguntei a ela ao vê-los pela primeira vez: projetos de casas ideais, projetos de cidades imaginárias ou de bairros imaginários, projetos dos caminhos que uma mulher devia seguir e que ela não havia seguido), os encontros.

Os diários ficaram numa gaveta da sala e paulatinamente os folheei, em presença de Anne, até transformar minhas visitas em algo bem esquisito: chegava, sentava na sala, Anne punha música ou bebia e eu lia os diários em silêncio. Só de vez em quando conversávamos, geralmente para eu lhe perguntar alguma coisa que não entendia, expressões e palavras desconhecidas. Mergulhar naquela escrita, diante da autora, às vezes era doloroso (dava vontade de jogar os cadernos no chão, correr para seu lado e abraçá-la), porém na maior parte das vezes era estimulante, embora eu não pudesse especificar o que estimulava. Era como ir ficando imperceptivelmente com febre. Dava vontade de gritar ou de fechar os olhos, mas a caligrafia de Anne tinha a virtude de costurar a boca da gente e fincar palitos de fósforo nas pálpebras de tal maneira que a gente não conseguia evitar de continuar lendo.

Um dos primeiros cadernos era dedicado integralmente a falar de Susan e as palavras de horror ou amor fraterno não bastam para descrevê-lo. Dois cadernos foram escritos depois do suicídio de Tony e eram uma interpelação e uma disquisição sobre a juventude, o amor, a morte, as paisagens já borradas de Taiwan e das Filipinas (onde não esteve com Tony), as ruas e os cinemas de Seattle, os entardeceres privilegiados do México. Um caderno condensava sua primeira experiência com Bill e não me atrevi a percorrê-lo. Minha opinião, claro, foi medíocre. Você deveria publicá-lo, falei e depois creio que encolhi os ombros.

Naqueles dias um dos temas recorrentes de Anne era a idade, o tempo que passava, os anos que lhe faltavam para fazer quarenta. A princípio acreditei que era só coquetismo (como podia uma mulher como Anne Moore se preocupar por chegar aos quarenta?), mas não demorei a me dar conta de que seu temor era algo real. Numa ocasião seus pais vieram, mas eu não estava em Girona e quando voltei Anne e seus pais tinham ido para a Itália, Grécia, Turquia.

Pouco depois a relação de Anne com o arquiteto terminou de maneira muito civilizada e ela começou a sair com um ex-aluno, um técnico de uma empresa de importação de máquinas. Era um sujeito silencioso, baixinho, baixo demais para Anne, com uma diferença que um sujeito de mau gosto diria não só física como metafísica, mas considerei uma impertinência dizê-lo. Acho que por então Anne tinha trinta e oito anos e o técnico quarenta, e essa era sua principal virtude, ser mais velho que ela. Num daqueles dias parti definitivamente de Girona e quando voltei Anne não morava mais no apartamento em frente ao Cine Ópera. Não dei ao fato maior importância, ela sabia meu novo endereço, mas por muito tempo não soube nada dela.

Durante os meses em que não a vi, Anne Moore viajou pela Europa e a África, teve um desastre de automóvel, largou o técnico de importação de máquinas, recebeu a visita de Paul, recebeu a visita de Linda, começou a ir para a cama com um argelino, teve uma infecção nas mãos e nos braços de origem nervosa, leu vários livros de Willa Cather, de Eudora Welty, de Carson McCullers.

Um dia finalmente apareceu na minha casa. Eu estava no quintal, arrancando as ervas daninhas, de repente senti seus passos, virei-me e lá estava Anne.

Naquela tarde fizemos amor como uma maneira de dissimular a pura alegria que sentíamos por nos encontrar novamente. Dias depois fui vê-la em Girona. Ela morava agora na parte nova da cidade, numa cobertura minúscula, e me contou que tinha como vizinho um velho russo, um homem chamado Alexei, a pessoa mais doce e educada que ela já havia conhecido. Ela estava de cabelo bem curtinho e não fazia nada para dissimular os fios brancos. Perguntei o que havia acontecido com sua bela cabeleira. Eu parecia uma velha hippie, disse.

Estava a ponto de viajar para os Estados Unidos. Nessa ocasião o argelino ia acompanhá-la e acho que estavam com problemas para conseguir o visto no consulado americano de Barcelona. Quer dizer então que o caso é sério, perguntei. Não me respondeu. Disse que no consulado achavam que o argelino pensava viver nos Estados Unidos para sempre. E não é verdade?, perguntei. Não, não é verdade, disse ela.

O resto do tempo passou quase sem percebermos. Não me lembro mais o que nos dissemos, o que nos contamos, coisas sem importância, na certa. Depois fui embora e nunca mais tornei a vê-la. Um tempo depois recebi uma carta sua, escrita em espanhol, de Great Falls. Contava que sua irmã Susan tinha se suicidado com uma overdose de barbitúricos. Seus pais e o companheiro da sua irmã, um carpinteiro de Missoula, estavam arrasados e não entendiam nada. Mas eu prefiro calar, dizia ela, não tem sentido acrescentar a esta dor mais dor ou acrescentar à dor três enigmas diminutos. Como se a dor não fosse um enigma suficiente ou como se a dor não fosse a resposta (enigmática) de todos os enigmas. Pouco antes de partir da Espanha, dizia, e com isso punha um ponto final à morte de Susan, havia recebido vários telefonemas de Bill.

Segundo Anne, Bill ligava para ela a qualquer hora do dia e quase sempre terminava por insultá-la, quase sempre terminava por se insultar. Nos últimos telefonemas, Bill havia ameaçado ir a Girona matá-la. O que era paradoxal, dizia, era que quem ia rumo a Seattle era ela, mas considerando bem quase não tinha mais amigos para visitar por lá. Do argelino não dizia nada, mas eu supus que ele estava lá, junto dela, ou preferi supor isso para não ter pesadelos.

Depois não tive mais notícias dela.

Passaram-se vários meses. Mudei de casa. Fui morar na costa, num pequeno vilarejo que nos anos 1960 Juan Marsé elevou à categoria de mito. Tinha muito trabalho e muitos problemas para fazer o que quer que fosse em relação a Anne Moore. Acho até que me casei.

Por fim, um dia peguei um trem e voltei à cinzenta Girona e à minicobertura de Anne. Como imaginava, foi uma desconhecida que abriu a porta para mim. Claro, não tinha a menor ideia de quem era a antiga inquilina. Antes de ir embora perguntei se no edifício vivia um russo, um senhor já idoso, e a desconhecida disse que sim, que batesse numa das portas do segundo andar.

Atendeu-me um senhor muito mais velho que mal andava apoiado aparatosamente numa enorme bengala de carvalho que mais do que bengala parecia um báculo ou um instrumento de combate. Lembrava-se de Anne Moore. Na verdade, lembrava-se de quase todas as coisas que haviam acontecido no século xx, mas isso, admitiu, não era digno de elogio. Expliquei-lhe que fazia muito tempo que não sabia nada dela e que apelava para ele em busca de alguma informação. Pouca informação tenho, disse, só umas cartas da América, um grande país no qual teria gostado de viver mais tempo. Aproveitou a deixa para me contar sucintamente os anos que havia vivido em Nova York e suas andanças como crupiê em Atlantic City. Depois se lembrou das cartas e me preparou um chá enquanto se demorava a procurá-las. Por fim apareceu com três postais. Todos da América, disse. Não sei em que momento compreendi que estava completamente louco. Pareceu-me lógico, dentro do contexto. Pareceu-me justo e relaxei, antecipando-me ao final.

O russo me passou os três postais por cima do chá fumegante. Estavam em ordem de chegada, estavam escritos em inglês. O primeiro era de Nova York. Reconheci a letra de Anne. Dizia as coisas de sempre e terminava pedindo a ele que se cuidasse, que comesse todos os dias e assegurando que se lembrava dele e que lhe mandava beijos. O postal era uma foto da Quinta Avenida. O segundo postal era de Seattle. Uma vista aérea do porto. E muito mais sucinto que o primeiro e também mais ininteligível. Entendi que falava de exílio e de crimes. O terceiro postal era de Berkeley, de uma rua tranquila da Berkeley boêmia, segundo a legenda. Estou vendo meus velhos amigos e fazendo outros novos, dizia a clara caligrafia de Anne Moore. E terminava como a primeira, recomendando ao querido Alexei que se cuidasse e que não se esquecesse de comer todos os dias, mesmo que só um pouquinho.

Olhei para o russo com tristeza e curiosidade. Ele me devolveu o olhar com simpatia. O senhor seguiu os conselhos dela?, perguntei. Claro, sempre sigo os conselhos de uma dama, respondeu.

1ª EDIÇÃO [2012] 1 reimpressão

ESTA OBRA FOI COMPOSTA POR OSMANE GARCIA FILHO EM ELECTRA E
IMPRESSA PELA GRÁFICA BARTIRA EM OFSETE SOBRE PAPEL PÓLEN SOFT
DA SUZANO S.A. PARA A EDITORA SCHWARCZ
EM FEVEREIRO DE 2022

A marca FSC® é a garantia de que a madeira utilizada na fabricação do papel deste livro provém de florestas que foram gerenciadas de maneira ambientalmente correta, socialmente justa e economicamente viável, além de outras fontes de origem controlada.